UN AMORE IMPREVEDIBILE

(Pine Grove Novel, #1)

Jean C. Joachim

Moonlight Books

Un romanzo Moonlight Books
Amore sensuale
UN AMORE IMPREVEDIBILE

Dedica

Alla scomparsa Nan Eddleston Cohen e al dottor Benjamin Cohen, che mi hanno ispirata per creare i personaggi dello zio e della zia in questo libro.

E alla scomparsa Marilyn Reisse Lee, la migliore amica che abbia mai avuto.

Ringraziamenti

Un ringraziamento special a: Tabitha Bower, la mia curatrice, Renee Waring, la mia revisora, Sherri Good, Simona Trapani, David Joachim, Larry Joachim e Steve Joachim, per il loro sostegno, il loro amore e le loro risate.

Altri libri di Jean Joachim

FIRST & TEN SERIES

GRIFF MONTGOMERY, QUARTERBACK
BUDDY CARRUTHERS, WIDE RECEIVER
PETE SEBASTIAN, COACH
DEVON DRAKE, CORNERBACK
SLY "BULLHORN" BRODSKY, OFFENSIVE LINE
AL "TRUNK" MAHONEY, DEFENSIVE LINE
HARLEY BRENNAN, RUNNING BACK
OVERTIME

THE MANHATTAN DINNER CLUB

RESCUE MY HEART
SEDUCING HIS HEART
SHINE YOUR LOVE ON ME
TO LOVE OR NOT TO LOVE

HOLLYWOOD HEARTS SERIES

IF I LOVED YOU
RED CARPET ROMANCE
MEMORIES OF LOVE

MOVIE LOVERS
LOVE'S LAST CHANCE
LOVERS & LIARS
His Leading Lady (Series Starter)

NOW AND FOREVER SERIES

NOW AND FOREVER 1, A LOVE STORY
NOW AND FOREVER 2, THE BOOK OF DANNY
NOW AND FOREVER 3, BLIND LOVE
NOW AND FOREVER 4, THE RENOVATED HEART
NOW AND FOREVER 5, LOVE'S JOURNEY
NOW AND FOREVER, CALLIE'S STORY (series starter)

MOONLIGHT SERIES

SUNNY DAYS, MOONLIT NIGHTS
APRIL'S KISS IN THE MOONLIGHT
UNDER THE MIDNIGHT MOON
MOONLIGHT & ROSES (prequel)

LOST & FOUND SERIES

With Ben Tanner
LOVE, LOST AND FOUND
DANGEROUS LOVE, LOST AND FOUND

NEW YORK NIGHTS NOVELS
THE MARRIAGE LIST
THE LOVE LIST
THE DATING LIST
PINE GROVE NOVELS
UNPREDICTABLE LOVE
TOO LATE FOR GOODBYE*
ECHOES OF THE HEART*
*to come
SHORT STORIES
SWEET LOVE REMEMBERED
TUFFER'S CHRISTMAS WISH

Capitolo Uno

Jory Walker tirò fuori tre lettere dalla cassetta della posta davanti a casa sua. Due bollette e una busta indirizzata a lei, talmente stropicciata da sembrare sopravvissuta a una guerra. E doveva essere proprio così, a giudicare dalla sigla scarabocchiata nell'angolo superiore.

SSGT. T. Stevens.

Sopraffatta dalla rabbia, fece per rientrare in casa, scontrandosi con sua sorella.

"Amber! Dove cazzo hai la testa?" disse, agitandole la busta davanti agli occhi.

"Ho solo mandato una lettera a quel sergente scelto."

"Questa è la quarta che ricevi da lui. Quando hai intenzione di rispondergli?"

"È stato un errore..."

"Puoi dirlo forte. Soprattutto la parte in cui hai firmato col *mio* nome!"

"Laura è stata molto convincente. Pensavo che intendesse una sola volta. Solo una lettera."

"Chiedeva alle persone di aderire per scrivere ai ragazzi dell'esercito. Non di scrivere solo *una* lettera allegandovi una foto oscena."

"Non era oscena, qualunque cosa significhi. Solo io in bikini. Non sono brava a scrivere. Invece, in foto vengo molto bene." La sua bellissima sorella bionda, con un fisico che faceva invidia a Miss America, le sorrise.

"E per quale motivo hai firmato con il mio nome?"

"Ho sempre preferito il tuo. Inoltre, se lui avesse voluto un'altra lettera, sapevo che tu l'avresti scritta per me. Quindi, potrebbe anche esserci il tuo nome sopra."

"Non sorridere in quel modo. Ti conosco. E la mia risposta è no." Jory mise la lettera di T. Stevens nelle mani di Amber.

"Per favore. Ti preeego, Jory. Sei tu quella brava a scrivere. Non io."

"Certo. Tu sei la sorella carina e io quella intelligente."

Amber annuì. "Non ho detto questo. Tu sei meglio di me."

"Migliore."

"Visto?"

"No."

Amber serrò la mascella. "Ok. Deludi pure quel povero ragazzo che sta combattendo una guerra. Guarda la sua foto. È molto sexy, anche con i capelli rasati. Inoltre, potrebbe morire. Le tue parole potrebbero essere le ultime che leggerà!"

"Sta aspettando te, non me."

"Già, la foto. Ma lui non lo saprà mai. È da qualche parte in Afghanistan. Molto lontano. Scrivigli solo una o due lettere e poi digli che ti sei fidanzata."

"Che comportamento crudele! Quindi prima dovrei illuderlo e poi scaricarlo con una bugia?"

"Non vuoi sposare quel verme di Archie, vero?"

"Cavolo, no!"

"Allora perché esci con lui?"

"Sempre meglio di guardare la TV. O almeno la maggior parte di quello che danno in TV."

"Ti meriti di meglio." Amber guardò sua sorella con i suoi grandi occhi azzurri.

Man mano che il suo caloroso sostegno aumentava, Jory si scioglieva. Lo faceva sempre e sapeva che la sua sorellina la stava manipolando. Ma non riusciva a resisterle. Da quando i loro genitori erano morti in un incidente d'auto quindici anni prima, Jory aveva preso Amber sotto la sua ala.

Strappò la busta dalle mani di Amber con uno sbuffo di disgusto e rientrò in casa. La biondina si sedette al volante della sua auto e la salutò con la mano.

Le due ragazze avevano dovuto lasciare la loro casa di New York e trasferirsi da una zia, la vedova Nan Edwards. Era stato traumatico per la sorella minore, ma Jory si era adattata bene. Amava Pine Grove, una cittadina sul lago Cedar, nello stato di New York.

Per Amber, invece, non era così. Sognava concorsi di bellezza e Hollywood. New York aveva dato vita a quelle aspirazioni, con la promessa di poter raggiungere la fama a ogni angolo, da Broadway a Park Avenue. Pine Grove era totalmente diversa. Nessuno la prendeva sul serio, meno che mai sua sorella maggiore.

Jory aveva trentadue anni e scriveva per il Pine Grove Independent, il settimanale della città. Non pagavano molto, ma passare le sue giornate in compagnia di altri giornalisti stimolava la sua curiosità. E poi c'era la parte divertente: stare a contatto con la gente del luogo. Aveva intervistato il club femminile e si era occupata del torneo di softball tra gli agenti di polizia e i pompieri volontari. Aveva parlato dei pro e dei contro del fracking e lavorava per tenere informata la comunità.

Con il suo lavoro, si era guadagnata un certo rispetto. Jory Walker aveva il lavoro ideale, ma questo non le dava calore durante la notte e non le faceva venire i brividi in camera da letto.

Amber lavorava per la farmacia di Beasley, vendendo cosmetici e occupandosi di cambi look per le clienti del negozietto. Non guadagnava molto, ma aveva accesso a moltissimi nuovi prodotti, che testava su di sé e sulla sua famiglia ogni volta che ne aveva l'occasione. Amava il suo lavoro.

Jory lanciò la lettera sul tavolo della cucina, davanti a sua zia, seduta a sorseggiare un caffè.

"L'ha fatto di nuovo. Cazzo," disse Jory, versandosene un'altra tazza.

Nan lanciò un'occhiata alla busta. "Fatto cosa?"

"Coinvolgermi." Jory aggiunse latte e zucchero.

"Come?"

"Ti ricordi l'iniziativa di Laura Dailey per cercare amici di penna per i militari in Afghanistan?"

Nan guardò sua nipote.

"Ne abbiamo parlato nel giornale."

"Oh, sì. Ora mi ricordo."

"Archie è meglio di niente," aveva detto centinaia di volte a sua sorella e a sua zia. Ma sapeva che loro non ci credevano più di quanto facesse lei. Lui era molto solo, proprio come lei. *Che cosa c'è di male ad andare a cena con lui?*

Aprì la lettera di Trent. Era solo una pagina, con una scrittura piccola e pulita.

Nella prima lettera, ti ho scritto tutte le informazioni importanti su di me. Quindi, adesso passiamo ad altro. Mi piacciono gli animali. Sono cresciuto con un cane e una tartaruga. Una tartaruga di terra, per la precisione. Era molto grande. Ed era anche intelligente.

Mi piace soprattutto la cucina americana, ma anche quella messicana. Quaggiù mi sto abituando ai cibi precotti. Io sono piuttosto un tipo da bistecca e patate. Qual è il tuo piatto preferito?

Adesso devo andare. Non posso dirti dove. Sono certo che capirai. Per favore, scrivimi presto.

Spero che tu abbia ricevuto la mia ultima lettera. Qui aspettiamo con ansia la consegna della posta.

Stammi bene,

Trent

Jory prese un foglio di carta dal suo scrittoio e afferrò una penna. Prima di iniziare, cambiò idea, andò alla sua scrivania e prese una scatola di carta da lettere rosa che aveva ricevuto in regalo, ma che non aveva mai usato. Non aveva mai avuto nessuno a cui scrivere una lettera prima di quel giorno. Dopo averne preso un foglio, lo appoggiò su un taccuino e si mise a scrivere.

Caro Trent,

scusami se ci ho messo così tanto tempo a risponderti. Sono stata molto occupata al lavoro e devo anche occuparmi di cucinare a casa per mia sorella e per mia zia. Il mio cibo preferito è il cinese. Quello vero, come quello che trovi a Chinatown a New York. Ci sono stata solo un paio di volte, ma il cibo era davvero buono. Anche a me piace il cibo americano. Mi piacciono il tacchino e il purè di patate, ma non dico mai di no a una buona bistecca. Non mi ricordo esattamente cosa ti ho scritto nella mia prima lettera, ma abbiamo un gatto di nome Pookie. Sta fuori casa quasi tutto il giorno, ma la notte dorme con me. Adesso sta graffiando la porta per entrare in camera mia, quindi devo andare. Spero che tu riceva questa lettera.

Cordialmente,

Jory Walker

Guardando l'orologio, si accorse di essere già dieci minuti di ritardo per andare al lavoro. Scarabocchiò l'indirizzo di Trent sulla busta e vi mise il francobollo.

"Bene, è fatta. Spero che non si accorga della scrittura diversa. Devo chiedere ad Amber che cosa gli ha scritto. Cazzo! Questa è proprio l'ultima cosa di cui ho bisogno. Accidenti a lei."

Quando scese giù, diede la lettera a Nan. "Puoi spedirla per me?"

"Certo, tesoro."

Jory si diresse verso la sua vecchia auto, prendendo le chiavi dalla borsa mentre camminava.

QUANDO ARRIVÒ IN UFFICIO, accese il computer e tirò fuori dalla borsa le altre due lettere del sergente scelto Stevens. Le nascose dietro lo schermo, nel caso in cui Archie si fosse avvicinato.

Cara Jory,

come mai una ragazza carina come te ha deciso di scrivere a un tipo rozzo come me? Qui c'è così tanta polvere che potrebbe crescermi un giardino tra i peli che ho sul petto. Scusami per la mia battuta disgustosa. Qui fa caldo e il clima è secco. Possiamo fare solo una doccia di due minuti perché c'è poca acqua. La caserma e calda in estate fredda in inverno. Odio stare qui, ma è il mio lavoro. Raccontami qualcos'altro della tua vita. Qualsiasi cosa che riguardi casa mi aiuta a ricordare che quest'inferno non durerà per sempre. Vorrei continuare a scrivere, ma è ora di spegnere la luce. Mi piacerebbe poterti dare il bacio della buona notte.

Sogni d'oro,

Trent

Lei aggrottò la fronte. *È triste e si sta innamorando di me. Merda. Questo non dovrebbe succedere.* Poi, aprì la terza lettera.

Cara Jory,

non ho ancora avuto tue notizie, nemmeno dopo averti scritto due lettere. So che erano brevi, ma non c'è molto da raccontare qui. Ho capito. Probabilmente hai un ragazzo a cui dedicare il tuo tempo. Una ragazza come te non passa le serate a casa a sferruzzare. Ma va bene così. Apprezzo la lettera che mi hai mandato. Spero che tu stia bene.

Cordiali saluti,

Trent

Prima che potesse fare qualcosa, la porta si aprì.

"Toc toc, c'è nessuno?" Era Archie, che rimase fermo sulla soglia.

Jory aprì il cassetto centrale e vi ripose le lettere prima che lui potesse vederle. "Entra pure. Anche se in realtà l'hai già fatto."

Lui si sedette su una sedia davanti alla sua scrivania. "Sembri piuttosto impegnata. Stai lavorando a un nuovo articolo?"

"Mi sto solo occupando dell'iniziativa di Laura per trovare amici di penna per i militari."

"Oh, sì. Come sta andando?"

"Così così."

"Puoi scrivere un articolo di cinquecento parole sull'argomento? Lo pubblicherò la prossima settimana."

"Certamente."

"Bene, non voglio farti perdere tempo," disse lui, alzandosi in piedi.

Quando chiuse la porta, Jory fece un sospiro di sollievo. Aprì un nuovo documento sul suo computer e iniziò a rispondere a Trent. Poi stampò la lettera, se la mise nella borsa e cancellò il file. Arrivando a casa, l'avrebbe ricopiata sulla carta da lettere.

Un decesso inaspettato richiese la scrittura di un nuovo necrologio. Jory si mise subito al lavoro. Mentre scriveva, si meravigliava di quanto fosse stata intensa la vita di quella donna. Lei avrebbe mai avuto la fortuna di avere figli, nipoti, un lavoro soddisfacente e un marito devoto?

Jory allontanò dalla sua mente quelle domande senza risposta e si concentrò sul suo lavoro.

Poi, scelse qualche vecchio articolo che l'Independent ripubblicata ogni settimana in una rubrica dedicata alla nostalgia, poi rilesse gli annunci del negozio di alimentari e del ristorante di Homer. Il suo pomeriggio impegnato le impedì di finire di leggere le lettere di Trent in ufficio.

Impaziente di tornare a casa, accelerò un po' più del solito. Sorpresa di quanto avesse voluto leggere le sue parole, lo attribuì semplicemente alla sua curiosità. Non era mai stata in Medio Oriente e voleva saperne di più su quei luoghi. O almeno fu questo che si disse.

Quando entrò in casa, Pookie, il loro gatto calico, la stava aspettando in cucina. Si strusciò sulla gamba di Jory.

"Sì, sì. Adesso ti do da mangiare." Aprì una lattina di cibo per gatti, la svuotò nella sua ciotola, versò dell'acqua pulita nella ciotola dell'acqua e le posò entrambe sul pavimento. Poi, si versò un bicchiere di merlot e salì le scale verso la sua stanza.

Prese un foglio di carta da lettere e iniziò a ricopiare la lettera che aveva scritto al lavoro. Qualcuno la interruppe bussando alla porta. Lei guardò l'orologio. *Erano già le sei e mezza.* Amber aprì la porta.

"Che cosa vuoi?" le chiese Jory, alzando lo sguardo.

Amber si appoggiò allo stipite. "Ehm, sono già passate le sei e la cena non è ancora pronta."

Jory aggrottò la fronte. Si alzò dalla scrivania, spinta dalla rabbia. "Hai una bella faccia tosta. Io sono qui a scervellarmi per scrivere quattro maledette lettere a Trent Stevens. Lettere che dovresti scrivere tu! E vieni qui a dirmi che la cena non è ancora pronta? Ecco come funziona. Se vuoi che io scriva le tue lettere, va bene, ma dovrai cucinare."

"Io?" disse Amber, indicandosi il petto.

Jory annuì.

"Veramente? Io non so cucinare."

"Allora impara a farlo, cazzo. Sarebbe comunque ora che lo facessi."

"E se non volessi farlo?" disse sua sorella con un'espressione insolente, appoggiandosi una mano sul fianco.

"Allora scriverò al sergente scelto Trent Stevens e gli dirò che sei una bugiarda. Poi, farò rapporto a Laura Dailey. Così ti cacceranno dalla città."

"Non lo faresti." Amber aggrottò la fronte, ma Jory notò il suo sguardo incerto.

"Mettimi alla prova.", le disse stringendo gli occhi.

Amber si mordicchiò il labbro. "Ok, ok. Ma non ogni sera."

"Tre sere alla settimana."

"Tre?" Amber alzò la voce di due ottave.

"Proprio così. Prendere o lasciare."

Amber fece una smorfia e scese le scale ansimando. Quando sua sorella si allontanò, Jory sorrise. *Le servirà da lezione. Inoltre, deve imparare a cucinare e a darsi da fare.*

Jory rimase alla scrivania finché finì di copiare la lettera che aveva scritto al computer e ne scrisse altre due. *Si merita di riceverne una per ognuna che ha mandato. È il minimo che io possa fare.*

Quando finì, scese per la cena. Una teglia, il cui contenuto sembrava essere caduto per terra prima di esservi rimesso dentro, giaceva sul tavolo.

"Amber ha avuto qualche problema con il chili, così l'ho aiutata," disse Nan, sedendosi al suo posto.

Jory storse la bocca.

"Peggio per te!" esclamò la ragazza. "Tu hai voluto che cucinassi e adesso dovrai mangiarlo."

"Per caso ti è caduto per terra e poi l'hai rimesso nella teglia?" disse Jory, con lo stomaco in subbuglio.

"Non esattamente. Me ne è caduto un po' sul bancone. Ma era pulito. È perfetto, Jory. Solo che non ha un bell'aspetto."

"Mangialo!" Amber si sedette al suo posto e appoggiò i gomiti sul tavolo. Aveva le lacrime agli occhi.

"Mmm. Sembra delizioso," disse Jory, mettendosene una generosa porzione nel piatto.

Amber sbatté rapidamente le palpebre, poi guardò furtivamente sua sorella.

Jory fece un respiro profondo, poi se ne mise una cucchiaiata in bocca. "Mmm. Sicuramente il suo sapore è migliore del suo aspetto."

"Andrà meglio la prossima volta. Lo giuro." Amber si mise il tovagliolo sulle gambe.

"Ne sono sicura, Biscottino," disse Jory.

Amber sorrise sentendo il suo soprannome. Prese una buona porzione di chili e lo assaggiò. "Non male, considerando che l'ho fatto io."

"Non sbagli proprio tutto, Amber," la rassicurò Jory.

"Quasi."

"Non oggi. Sono orgogliosa di te. Ottimo lavoro."

Nan tirò fuori una scatolina dalla tasca. "In onore del suo tentativo in cucina, voglio dare questa spilla ad Amber, per il suo coraggio nell'aver affrontato il forno," annunciò, porgendo la scatolina alla ragazza, che la aprì con impazienza.

Al suo interno, appoggiata sul velluto, c'era una piccola spilla d'oro e di rubini. Era appartenuta alla madre delle ragazze.

"La spilla della mamma! La adoro, la adoro. La indosso subito." Amber porse la spilla a sua zia, che la agganciò al colletto della camicia di sua nipote.

"È bellissima," intervenne Jory.

"Sapete che ho conservato alcuni gioielli di vostra madre per darveli al momento giusto."

"Anche la fede di mamma?" domandò Jory, prima di prendere una forchettata.

"Quella è per te. Tua madre ha sempre voluto che la avessi il giorno del tuo matrimonio."

Amber tossì, poi distolse lo sguardo.

Jory si accorse che Nan stava fissando sua sorella. "Tutto bene?", le chiese.

Amber annuì, bevendo un sorso d'acqua. "Mi dispiace. Mi sono strozzata con la saliva. Ma non la avrà finché non si sposerà, giusto?"

"Giusto," confermò Nan, stringendo gli occhi.

"Bene. Voglio dire, dato che non hai intenzioni serie con Archie, passerà molto tempo prima che Nan la tiri fuori.", disse Amber.

Jory guardò sua zia mentre continuava a fissare Amber, che distolse lo sguardo, abbassandolo sul suo piatto. *C'è qualcosa di strano.* Jory alzò le spalle. C'era sempre qualcosa di strano con Amber, quindi non si soffermò a pensarci. La verità sarebbe comunque venuta fuori, come succedeva sempre.

JORY NON AVEVA PREVISTO di dover scrivere delle noiose lettere al sergente scelto Stevens ma, man mano che scriveva, si rese conto di quanto la sua vita fosse prevedibile e poco interessante. Fece un sospiro quando Nan entrò in casa con la posta quel sabato mattina.

"Un'altra lettera per te, Jory. A questo ragazzo piace scrivere."

"Pensavo di scoraggiarlo con le mie lettere stupide e insipide, ma evidentemente non è così."

"Già." Nan sorrise mentre saliva le scale.

Jory si mise la lettera in tasca, per leggerla prima di dormire.

Aveva deciso di andare a letto presto per poter assaporare le parole di Trent in totale solitudine. Le piaceva leggere velocemente per cogliere i fatti, poi rileggeva la lettera due o tre volte. Quando rileggeva quelle parole, percepiva la solitudine nascosta tra le righe. Nonostante lui non dicesse mai di avere paura, durante la seconda e la terza rilettura i suoi occhi attenti coglievano qualche pizzico di ansia nei suoi numerosi riferimenti a casa.

Le sue frasi semplici la coinvolgevano e lui le parlava come se fosse seduto dall'altra parte della recinzione.

Le Milky Way erano le mie caramelle preferite da bambino. Quali erano le tue? Ti piace il baseball? Io sono un tifoso degli Yankee da quando ho imparato a lanciare la palla.

Prima di rendersene conto, lui era diventato in qualche modo suo amico ed era entrato nelle sue grazie.

Hai mai avuto a che fare con dei bulli da bambina? Se fossi stato lì, li avrei picchiati per difenderti. A me è successo e ho capito presto come affrontarli.

Ogni sua lettera rivelava una parte della sua personalità.

Non mi piaceva molto la scuola, tranne che in terza media. La mia insegnante di matematica, la signorina Armstrong, era davvero bellissima. La donna più bella della scuola. Presi una "A", ma lei se ne andò per sposarsi e si trasferì in Minnesota. Fu così che finì il mio interesse per i libri di scuola. Ed è per questo che sono entrato nei Marines.

Con pazienza, mise insieme quelle informazioni per immaginare un uomo che poteva quasi toccare.

Qualche volta, rileggeva le lettere tre o quattro volte prima di spegnere la luce. Aveva appeso la sua foto sul muro accanto al letto. Era l'ultima cosa che vedeva prima di addormentarsi e la prima cosa che vedeva al suo risveglio. Jory aveva programmato di ridurre gradatamente la corrispondenza, ma ogni giorno aspettava con ansia la consegna della posta, per sapere qualcosa di più su quell'uomo misterioso che si era lentamente fatto strada nel suo cuore.

Non avrebbe mai ammesso di provare dei sentimenti per il sergente scelto Trent Stevens. Jory non era una stupida scolaretta che aveva una cotta per un bel soldato. Era una donna adulta, che si era fatta carico delle responsabilità tipiche dell'età adulta da quando aveva diciassette anni. Non si sarebbe lasciata abbindolare da qualche lettera e da qualche parola carina. Era superiore a tutto questo, o almeno così credeva.

Sabato mattina, si recò in centro per intervistare Laura Dailey. Le fece qualche domanda sul progetto degli amici di penna, senza menzionare la sua corrispondenza con Trent, e sul mercatino dell'usato che si sarebbe tenuto tra due settimane. Il denaro ricavato sarebbe stato utilizzato per comprare una nuova ambulanza. La bagnarola arrugginita che utilizzavano per trasportare le persone malate aveva ormai vita breve.

Salì la scala di legno fino alla porta della cucina. Come sempre, l'aroma caldo e invitante di qualcosa che cuoceva dentro il forno avvolgeva Laura come un soffice maglione di cachemire. Quel profumino attirò Jory, risvegliando le sue papille gustative.

"Entra pure. Sto preparando la crostata con le ultime mele del raccolto autunnale. È quasi pronta. Dovrai mangiarne una fetta per dirmi com'è in confronto alle crostate precedenti."

Jory entrò in cucina. Le venne l'acquolina in bocca sentendo il profumo delle mele e della cannella. Le scorte di mele erano quasi esaurite. Presto la crostata di mele avrebbe lasciato il posto alle frittelle di mais, alla crostata di mirtilli e alla torta di pesche.

Alla fine dell'intervista, Jory cedette al desiderio di mangiarne un'altra fetta.

"Allora, come va con quel nuovo uomo?" chiese gentilmente Laura alla giornalista.

"Quale nuovo uomo?"

"Il militare."

"Intendi dire il mio amico di penna?"

"È così che si dice adesso? Immagino di poter avere un po' di merito per avervi abbinati, dato che sono stata io a ideare il programma."

"Nessun abbinamento.", disse Jory serrando la mascella.

Laura proseguì, "Sì. Proprio lui. Quel sergente scelto. Secondo i pettegolezzi, siete piuttosto intimi. Marla mi ha detto che stai ricevendo molte lettere."

Jory agitò la mano, abbassando lo sguardo per nascondere il suo rossore. "Tutte chiacchiere, Laura."

"Non è ciò che ha detto Marla."

"E come farebbe a saperlo, a meno che non apra le mie lettere col vapore?"

"Quindi *c'è* qualcosa tra voi due?" Laura si appoggiò allo schienale della sedia, sorridendo.

Jory prese un'altra forchettata. "È piuttosto bello, ma non è il mio tipo."

"E com'è il tuo tipo? Basso, grasso e brutto?" ridacchiò Laura.

"Magari uno che vive qui? Che non debba affrontare la morte ogni giorno? Un ragazzo che legge? Il sergente scelto non è esattamente un filosofo greco."

"Non fare la snob. Gli opposti si attraggono. Prendi me e Barney. Lui è un testone che lavora all'aperto e si sporca in un modo che nemmeno immagineresti. Poi guarda me. Curo il mio aspetto e ho una casa perfettamente pulita."

Jory scoppiò a ridere. "Ho capito. In questo momento, siamo più o meno amici."

"È così che si comincia," rispose Laura. "Lui sembra meglio di Archie." Laura tossì in segno di disapprovazione. "Non so come tu abbia potuto scegliere lui."

"Non c'è molta scelta qui intorno." Jory si pulì la bocca con un tovagliolo. "Grazie per la magnifica crostata. Adesso devo andare." Si alzò, si stiracchiò, prese i suoi appunti e si allontanò.

Tornando a casa, Jory andò alla sua scrivania e buttò giù una bozza dell'intervista mentre aveva ancora i ricordi freschi in mente. Sperava di scrivere un articolo abbastanza coinvolgente da convincere le persone a vendere i loro oggetti al mercatino e a separarsi dal denaro che avevano duramente guadagnato.

Poi, andò in cucina. Era il suo turno di preparare la cena. Laura le aveva dato qualche mela insieme alla ricetta dei fagottini di mela. Jory sperava di preparare le costolette di maiale con i broccoli, anche se ad Amber non piaceva quella verdura.

Accese la radio e si mise a canticchiare mentre preparava l'impasto. Un leggero rimbombo attirò la sua attenzione mentre metteva la carne dentro il forno. Guardando fuori dalla finestra, si accorse che il cielo si stava scorrendo. Sembrava che stesse per scoppiare un temporale. Sospirò. Sarebbe stato perfetto: mettersi a letto per scrivere a Trent, mentre i tuoni e i lampi illuminavano il cielo fuori dalla finestra. Ebbe un brivido.

Dopo cena, non era rimasta nemmeno una briciola dei fagottini di mela. Amber decise di prepararli la prossima volta che avrebbe dovuto occuparsi della cena. Jory lasciò sua zia e sua sorella a rimettere in ordine la cucina. Salì le scale, chiudendo la porta della sua stanza per avere un po' di privacy. Modificò diverse volte l'articolo sul mercatino dell'usato prima di mettersi a letto. Dopo aver indossato la sua camicia da notte pesante, si mise a letto sbadigliando e guardò l'orologio. Era mezzanotte.

Jory prese il suo tavolino da letto e un po' di carta da lettere dal comodino, poi si soffermò a guardare le nuvole. Pensò a cosa potesse scrivere al sergente scelto Trent Stevens. *Devo almeno cercare di non annoiarlo.*

Un tuono fece tremare leggermente la casa, mentre le nuvole si affollavano intorno alla luna.

Jory amava i temporali. Si accoccolò tra le coperte.

"Un ambiente romantico e ciò che ho di più simile a un uomo si trova dall'altra parte del mondo." Fece un respiro profondo, prese la penna con la mano destra e se la mise in bocca. Non le veniva in mente niente.

"Scrivi di quello che sai. È così che dicono di fare."

Caro Trent,

amo i temporali. Le nottate spaventose, col cielo pieno di nuvole, mi fanno venir voglia di rannicchiarmi davanti al caminetto con una bottiglia di vino, in compagnia di un uomo. Sono matta? E a te cosa piace?

Come sono i temporali in Afghanistan? Scusami per questa domanda stupida. Immagino che tutti temporali siano uguali.

Sto fissando la luna in questo momento e mi dispiace per me che l'unico uomo con cui posso parlare adesso sia tu, tramite una lettera. Scusami ancora!

Sono un po' triste stasera. Spero che tu non lo sia, ma probabilmente lo sei. Nulla va come vorrei. Mi piacerebbe che tu fossi qui con me. In questo modo, tu saresti al sicuro e io non sarei da sola.

Spero che tu stia bene,
Jory

Non dovrei mandarla. Ma la firmò, la ripiegò e la mise dentro la busta rosa. Scrisse l'indirizzo a memoria, perché era ormai la settima lettera che spediva a Trent.

Tirò su le coperte fino al collo per riscaldarsi e si voltò sul fianco. Chiudendo gli occhi, immaginò come sarebbe stato se Trent fosse stato lì accanto a lei. Toccò per un attimo la sua foto con l'indice. Era molto più alto di lei e ciò le rendeva difficile immaginarselo. *Come faccio a immaginare un uomo che non ho mai incontrato?*

Capitolo Due

Dieci giorni dopo, il temporale era finito. Jory si alzò presto, programmando di trascorrere un paio d'ore al giornale quando sarebbe rimasta da sola. Aveva degli articoli da finire di scrivere e delle scadenze da rispettare. Prima di uscire, diede la lettera a Nan perché la spedisse andando in chiesa. Il suono familiare del clacson di Dan Mac-Murray annunciò il suo arrivo. Aveva cinquantacinque anni, un fisico snello, i capelli grigi ed era un uomo attraente. Avrebbe accompagnato Nan in chiesa.

Amber stava ancora dormendo dopo aver fatto tardi con Troy, il ragazzo più bello del paese, la sera precedente. Di tanto in tanto, usciva con alcuni ragazzi di Pine Grove e con un paio di ragazzi di Oak Bend.

Amber non lasciava equivoci sulla sua libertà. Flirtava con chiunque e usciva con diversi ragazzi contemporaneamente. *Probabilmente, ci andava anche a letto.* Jory digrignò i denti a quell'idea. Ovviamente, se anche lei fosse stata bella come Amber, forse sarebbe stata anche un po' più libera. Jory scosse la testa. *Mai.*

La giornalista allontanò dalla mente quei pensieri sul comportamento di sua sorella. Amber aveva venticinque anni ed era abbastanza grande da assumersi la responsabilità delle sue azioni. Finché sua sorella avesse continuato a prendere la pillola, non ci sarebbero state conseguenze negative sul suo stile di vita. Almeno così sperava Jory.

In momenti come quello, la giornalista si ricordava di aver avuto la guida dei suoi genitori per molto più tempo di Amber. Era tollerante con sua sorella, sapendo che il trauma di averli persi aveva profondamente colpito la ragazza. Era stato un vero choc per lei e si era attaccata molto a Nan e a Jory. Era stato un inferno per tre anni.

Jory arrivò a casa all'una. Ripose la valigetta accanto alle scale prima di raggiungere le altre in cucina. Nan aveva preparato il pranzo prima di uscire col suo compagno e aveva lasciato un piatto per sua nipote.

Dopo aver mangiato, Jory andò in salotto, dove Amber si stava sistemando il rossetto.

"Esci con Archie stasera?"

"No." Jory si buttò sul divano. La giornalista "frequentava" Archie da un anno, ma non aveva mai usato quella parola. Dopotutto, erano solo amici. Non andava a letto con lui e non aveva intenzione di farlo.

"Davvero?" Amber sollevò un sopracciglio.

"Resto a casa, da sola."

"Lo stai illudendo, lo sai?"

"No, non è vero."

"Sì che è vero. Non vai nemmeno a letto con lui, giusto?"

"Non sono affari tuoi." Jory si alzò in piedi e si diresse verso le scale, ma sua sorella la fermò.

"Archie si lamenta di questo con i suoi amici. Le voci girano."

Tu invece ti dai molto da fare. "Archie parla troppo." La giornalista serrò le labbra.

"Non è carino uscire con un ragazzo senza farci sesso."

"E tu lo sai bene."

"Che cosa intendi dire con questo?" Sua sorella si mise le mani sui fianchi.

"Non importa. Archie non è in carcere. Non è obbligato a trascorrere il suo tempo con me. Adesso va al tuo appuntamento e lasciami da sola."

La ragazza si rimise il rossetto un'altra volta e uscì, sbattendo la porta d'ingresso.

Jory si preparò un vodka tonic, vi aggiunse dei cubetti di ghiaccio e mescolò la bevanda, ascoltando il tintinnio del ghiaccio sul bicchiere.

Sua sorella e sua zia erano fuori a vivere la loro vita. Ma non Jory. No, lei era rimasta a casa, a vivere la sua vita attraverso delle lettere.

Si distese sul divano sezionale e sollevò le gambe. Dopo aver bevuto un sorso, tirò fuori la busta sottile dalla borsa e la guardò con sospetto. *Mi scrivi ancora? Perché? Ci saranno centinaia di donne che ti scriverebbero lettere più sensuali.* Essendo sempre stata un tipo pratico, efficiente e dedito al lavoro, Jory non si sarebbe mai aspettata di ricevere le attenzioni del capitano della squadra di football e nemmeno di quello della squadra di dibattito. Non aveva tempo di flirtare.

Durante gli anni del college, i ragazzi le si avvicinavano, chiedendole di uscire con loro e provandoci con lei. Aveva avuto una vita sociale e le sue prime esperienze sessuali, e le avevano spezzato il cuore. Quando ottenne il suo diploma, ricevette una buona offerta di lavoro. Jory si era concentrata sul lavoro, che considerava la sua zona di conforto, e aveva dimenticato la scuola. Era uscita con qualcuno di tanto in tanto, ma i ragazzi che suscitavano il suo interesse erano davvero rari.

Trent Stevens, un uomo solo, era arrivato nella vita di Jory quando lei era pronta a capirlo. Forse Jory era arrivata nella sua vita quando lui aveva più bisogno di lei. Qualunque cosa volesse il destino, Jory smise di resistere e aprire il suo cuore a quell'uomo caloroso e simpatico del quale non vedeva l'ora di leggere le lettere, superando l'ostacolo dei migliaia di chilometri che li dividevano per toccarle il cuore.

Facendo scivolare il dito sotto la linguetta, aprì la busta. Su entrambi i lati del foglio sottile, vi erano degli scarabocchi. Bevve un altro sorso del suo drink per farsi coraggio, poi lo aprì.

Cara Jory,

non dovrei essere sorpreso di scoprire che qui non ci sono molti uccelli. Immagino che, con tutti questi spari, volino via per lo spavento. Ma ce n'è uno che resiste. Credo che si tratti di un falco. Qui non usiamo i binocoli per fare birdwatching, se capisci cosa intendo. Non è molto grande, ma è decisamente un rapace. Lo vedo mentre va a caccia di topi e ratti.

Sembra proprio che lui e io facciamo la stessa cosa. L'ho visto di tanto in tanto negli ultimi giorni. L'ho chiamato "Rocky," perché deve abbassarsi molto per vedere tra le rocce. Tuttavia, è un tipo tosto, e Rocky è un nome tosto. Mi mancano gli uccelli che vedevo a casa. I fringuelli sono i miei preferiti. Sono piccoli in confronto a Rocky, sebbene lui non sia molto grande per essere un falco, ma sono carini. Si avvicinano alla mia mangiatoia e non hanno paura se resto a guardarli.

Mi piacerebbe molto essere lì con te durante un temporale notturno, per tenerti stretta fino alla fine dei tuoni. Io non ho paura dei temporali. Non ne ho mai avuta. Qui ci sono cose che fanno molta più paura. Un piccolo tuono sarebbe un sollievo.

Mi sono venute alcune altre cose in mente da fare con te durante un temporale notturno, ma preferisco tenerle per me. Sai a cosa penso. Spero che tu non conosca nessun ragazzo normale, il quale non vada a dormire con un fucile e non chiami gli uccelli per nome. Per favore, continua a scrivermi. Le tue lettere mi danno speranza.

Tuo,

Trent

Jory appoggiò la sua bevanda per asciugarsi gli occhi. Poi, bevve quella che era rimasta, conservò la sua lettera in una scatola profumata e prese un foglio di carta da lettera e una penna.

LUNEDÌ, ALL'ORA DI pranzo, Jory guidò fino all'Hanson's Flower and Feed e monopolizzò il suo proprietario, George Hanson, facendogli il terzo grado sui fringuelli.

"Questo è il loro cibo preferito," disse, mostrandole un'enorme busta di mangime per uccelli. "Ci sono molti fringuelli in questi boschi. Quindi, ti serviranno un paio di mangiatoie e un bel po' di mangime."

"Ok. Potresti farmi un piccolo sconto, dato che ho deciso di dar da mangiare a quegli uccelli semplicemente per la mia bontà d'animo?" gli chiese.

"No. Come va con quel soldato? Ho sentito dire che gli scrivi piuttosto spesso."

"E da quando sono affari tuoi?"

"È ciò che dice Marla all'ufficio postale."

"Marla non dovrebbe ficcare il naso nei miei affari. Allora, mi farai un piccolo sconto?"

"Non per i fringuelli, ma farei qualunque cosa per i nostri ragazzi dell'esercito. Cinque dollari di sconto."

"Non è molto, ma va bene così."

"Spero che farai divertire un po' quel ragazzo quando tornerà a casa.", disse George, facendole l'occhiolino con fare allusivo.

"George, non sei un po' troppo vecchio per pensare a queste cose?"

"Non si è mai troppo vecchi per usare ciò che Dio ci ha donato.", ridacchiò, dirigendosi verso la cassa.

Jory ridacchiò e scosse la testa. *Ha più di settant'anni e riesce ancora a farselo rizzare?*

George portò il grosso sacco di mangime fino alla sua auto e lo caricò nel bagagliaio, insieme a tre mangiatoie di plastica e a una guida di ornitologia Audubon. Jory uscì dal lavoro in anticipo per montare le mangiatoie per gli uccellini. Le posizionò in modo tale che fossero visibili sia dalla finestra del secondo piano che dal salone. Rispolverò un vecchio binocolo che era appartenuto a suo padre, poi preparò del tè da portarsi al piano di sopra.

Non passò molto tempo prima che quelle creaturine colorate trovassero il cibo. Guardò le cince e i cardellini che beccavano i semi, mentre il cielo assumeva un caldo colore rosa. Sfogliando il libro che aveva comprato, Jory identificò ciascuno degli uccellini che si stavano nutrendo alla sua mangiatoia. Scrisse i loro nomi. La loro bellezza la intrigava. Rimase meravigliata dalle diverse varietà di uccelli che si posavano sul suo davanzale per mangiare i semi di girasole.

Cince, passerotti e cardellini erano i suoi preferiti. Guardarli mangiare suscitava una sensazione di pace in Jory e le faceva percepire una connessione quasi palpabile con il suo soldato. Scrisse a Trent dei suoi nuovi amici con le piume. Lui condivise le sue storie e scarabocchiò qualche disegno degli uccelli dei quali aveva conservato il ricordo. Lei conservò i suoi piccoli scarabocchi a matita in delle buste di carta trasparente per non farli rovinare.

La sua lettera successiva le sfiorò ulteriormente il cuore.

Cara Jory,

quali sono i tuoi sogni? Quand'ero bambino, volevo fare il vigile del fuoco. Al liceo, ho frequentato alcune lezioni di grafica digitale. Erano divertenti, ma non sarebbe stata una strada semplice come carriera. A diciott'anni, decisi di seguire l'esempio di mio padre e di diventare un marine. Ci trasferivamo spesso, ma mamma e papà erano felici. Quindi non mi lamentavo molto.

Spero di fermarmi da qualche parte, un giorno. Una casetta con il consueto recinto bianco, due o tre figli e una bella moglie. Qualche volta, immagino tutto questo quando chiudo gli occhi. Mi aiuta a dormire. E indovina chi è la bellissima moglie che immagino al mio fianco?

Sei tu, ovviamente. Parlami dei tuoi sogni. Adesso devo spegnere la luce.

Con amore,

Trent.

Era la prima volta che firmava "con amore" e questo le tolse il respiro. Anche lei ricambiava il suo amore? Ovviamente no, non ancora, era impossibile. Lui non era il suo tipo, ma era così dolce! Allontanò quell'idea dalla sua mente, aprì un foglio di carta da lettere sul suo tavolino da letto e prese una penna per cominciare a scrivere.

Caro Trent,

mi hai chiesto dei miei sogni. Ho sognato cose molto diverse, ma non per molto tempo. Il mio unico sogno adesso è quello di superare ogni giornata. Mi dispiace ammettere che non sogno più, ma prima lo facevo. Ed erano sogni pieni di colori.

Quand'ero piccola, volevo essere una principessa e sognavo di avere accanto un bellissimo principe. Crescendo, mi resi conto di quanto fosse stupido. Dopotutto, avrei dovuto nascere in una famiglia nobile o sposare un principe. E come avrebbe fatto un principe a trovare la piccola Jory Walker, in un appartamento sulla Settantasettesima Strada a Manhattan, in mezzo a tante ragazze molto più carine di lei?

Già a tredici anni avevo abbandonato quel sogno. Avevo iniziato a sognare atleti, star del cinema e rockstar. Avevo una cotta per almeno una dozzina di ragazzi, alcuni dei quali, e mi imbarazza ammetterlo, facevano parte della nostra squadra di football!

Immaginavo di vivere in una villetta a Manhattan con un uomo ricco, di avere quattro figli, di mandarli in una scuola privata e di avere una cuoca e una cameriera. Quando sogno, mi piace sognare in grande! ;)

Quando avevo sedici anni, il mio sogno era cambiato: una bella casa, due figli, un lavoro come scrittrice e Mike Longley, il nostro quarterback, come marito; ma l'anno successivo i miei genitori morirono. Mike andò al college e i miei sogni si infransero. Mi dispiace di essere così triste, ma sei stato tu a chiedermelo.

Si sta facendo tardi e ho un articolo da consegnare domani mattina presto. Dormi bene. Sii prudente e torna a casa da me.

Un abbraccio,

Jory

Si asciugò gli occhi, mise la lettera nella busta abbinata e la chiuse. Ciò che aveva rivelato a Trent fece riaffiorare dei vecchi sentimenti. Quelle giornate spensierate, che trascorrevano semplicemente, senza doversi preoccupare dei soldi, di cucinare e del comportamento di sua sorella, le sembravano molto lontane.

"Non ha senso ripensarci. Niente è più lo stesso. Devi andare avanti," disse tra sé mentre spegneva la luce.

Ogni settimana, consegnava quattro lettere a Nan per spedirle e ne prendeva quattro dalla cassetta delle lettere. Si meravigliava di come lui potesse trovare il tempo per scrivere. Alcune volte, le scriveva solo poche righe. Anche nelle lettere più brevi, le diceva di pensare a lei. La trattava come se fosse speciale e questa era una nuova esperienza per Jory. Le lunghe lettere che gli spediva in risposta sorprendevano persino lei, perché non era mai stata molto loquace.

Dopo un mese, si sentì abbastanza a suo agio da parlargli dei suoi genitori e degli eventi traumatici della loro morte.

Caro Trent,

di solito non parlo molto dei miei genitori. La loro morte sembra molto lontana, ma credo che non riuscirò mai a dimenticarmi di quel giorno. Mi ricordo persino il suono del campanello quando è arrivata la polizia. Fino a quel momento, era stata una giornata come tante altre. Ero tornata da scuola, pensando al test di biologia e a quali compiti dovessi fare per primi. La vita era molto semplice. Dopo quella visita, nulla fu più lo stesso.

Le cose diventarono complicate, estremamente complicate. Dovevo pensare alla mia sorellina. Sono cresciuta di dieci anni in un solo mese. Anche adesso, sento la loro mancanza. Ci sono ancora delle volte in cui vorrei chiedere loro dei consigli. Erano genitori magnifici.

Almeno, ho mia zia Nan. Lei è molto buona, ma non è la stessa cosa. Probabilmente starai pensando che a trentadue anni dovrei averlo superato, ma non è così. Scusa se sono così sentimentale. Non volevo essere negativa. Per il resto, le cose qui vanno bene. Tu come stai?

Per favore, sta attento e non dimenticarti di scrivermi.

Un caro saluto,

Jory

La risposta di Trent arrivò più velocemente del solito. Si chiese quale fosse la sua risposta alla sua storia strappalacrime. Le sue dita non vedevano l'ora di aprirla e di assorbire le parole che vi erano scritte sopra. Non sarebbe riuscita ad aspettare fino all'orario di andare a letto. Continuando a passarsi la lettera da una mano all'altra, decise di leggerla subito. Jory si mise la lettera in tasca e si diresse verso la porta.

"Vado a fare una passeggiata."

"La cena è quasi pronta," disse Nan, con le mani sui fianchi.

"Ok, ok. Torno tra poco, tra pochissimo."

Jory uscì dalla porta sul retro della loro modesta casa nel bosco. Lei aveva il suo "posto triste," come le piaceva chiamarlo. A circa un centinaio di metri di distanza, c'era un albero caduto. Jory aveva costruito un muretto con delle pietre. Aveva l'abitudine di sedersi sul tronco e di ripensare ai giorni in cui era diventata orfana. Nan lo sapeva e la lasciava da sola.

Quando lo raggiunse, fu sollevata di vedere uno spiraglio tra gli alberi, che faceva penetrare la luce del sole. Come altro avrebbe potuto fare a leggere la sua lettera in un posto così buio? Si sedette sul tronco, appoggiando la schiena su un grosso pino, e aprì la busta. *Mmm, due pagine.*

Cara Jory,

Wow. La tua lettera mi ha sorpreso. Come hai fatto a sopportare tutto questo? Non avevi ancora nemmeno diciott'anni. Ti sei presa cura di tua sorella, ti sei trasferita da tua zia e sei riuscita ad andare d'accordo con lei. È una storia molto triste. Devi essere molto forte per riuscire a superare tutto questo e a sopravvivere.

Anch'io ho perso i miei genitori, ma ero molto più grande. Avevo ventisei anni quando sono morti. Papà è morto di cancro, poi la mamma è morta un anno dopo, per il dolore. Sono figlio unico, quindi non avevo fratelli di cui prendermi cura. Come sei riuscita a farcela?

Io ho avuto l'aiuto di mio zio. Mi ha aiutato a vendere la casa, a estinguere i loro debiti e a trovare una camera in affitto. Ho vissuto lì finché non mi sono arruolato e sono finito qui. Capisco che tu senta la loro mancanza. Anch'io avrei ancora qualcosa da chiedere ai miei genitori, soprattutto a mio padre.

Anche lui era un militare. Sono passati sette anni, ma non credo che questo possa mai passare.

Se fossi lì, troverei il modo di farti dimenticare tutto. Eheheh. Ecco, l'ho rifatto, ho pensato di nuovo a qualcosa di sconcio. Dovrai mettermi in riga quando tornerò. O magari far avverare i miei sogni.

Comunque, questa lettera dovrebbe parlare di te! Vorrei avere una bacchetta magica per farti sorridere. Per allontanare la tristezza dal tuo cuore. Ti mando un super abbraccio per farti dimenticare. Noi orfani dobbiamo stare uniti.

Sono sorpreso che tu ce l'abbia fatta senza impazzire. Non è affatto facile. Credo che tu sia una ragazza stupenda. Non vedo l'ora di incontrarti.

Tuo,

Trent

Jory non riusciva a credere a quanto fossero simili le loro storie. Mentre leggeva la sua lettera, aveva quasi la sensazione che lui fosse seduto proprio lì, accanto a lei. Nella sua mente, sentiva quella che immaginava come la sua voce, intenta a leggerla a voce alta. Le sue parole erano confortanti.

Toccò il foglio, poi se lo avvicinò alle labbra. Molte persone le avevano detto di sapere ciò che stava passando, ma nessuno lo sapeva davvero. Quella era l'altra parte difficile: la solitudine. Nan era stata una buona ascoltatrice, ma lei era cresciuta in una famiglia integra. Per quanto ci provasse, non poteva davvero cogliere la sensazione di vuoto che provava Jory.

Quella era la prima volta che sentiva una vera connessione con qualcuno riguardo alla sua perdita. Nel profondo del suo cuore, qualcosa di Trent aveva toccato la sua anima attraverso quella lettera. Questo cambiava tutto. Non poteva più considerarlo un estraneo con il quale non aveva niente in comune. Adesso, c'era qualcosa di fondamentale, di essenziale, che la legava a lui, facendola rabbrividire al solo pensiero. Lui era riuscito a toccare la sua anima. Attraverso le sue lettere, era riuscito a capirla, a comprendere chi fosse e quanto fosse stata difficile la sua vita.

Gli occhi le si inumidirono di lacrime. Si rimise la lettera in tasca per non farla bagnare mentre cercava un fazzolettino. Jory aveva smesso di sperare di trovare qualcuno che potesse comprendere quella parte della sua vita. Ci aveva rinunciato, mettendo quella speranza su uno scaffale a prendere polvere, per dimenticare la paura, la tristezza e l'incertezza che aveva dovuto affrontare a soli diciassette anni.

Adesso, aveva rivelato tutto al sergente scelto Trent Stevens. Aveva messo da parte la sua paura di sembrare stupida o infantile e aveva condiviso con lui i suoi sentimenti. Lui non era rimasto deluso. Non l'aveva presa in giro, non l'aveva ignorata e non aveva fatto finta che si trattasse di qualcosa di poco importante. Aveva fatto la cosa giusta. La sua comprensione aveva allontanato l'oscurità dal suo cuore, anche se solo momentaneamente. Sorrise mentre si asciugava gli occhi e si soffiava il naso.

Forse sua madre le aveva mandato Trent per confortarla. Poi, scosse la testa a quell'idea. *Lascia perdere il misticismo. Prendila per quello che è. Un ragazzo stupendo che ti attrae.*

Jory riprese la lettera e la rilesse. Amava il suo sostegno, finché non arrivava alla parte in cui lui parlava di incontrarla. Il sangue le si congelò nelle vene. Quello sarebbe stato il giorno in cui la loro connessione si sarebbe spezzata. Il battito del cuore cominciò a rallentarle e la tristezza prese il sopravvento, come una nuvola oscura. *Allora? Ci incontreremo, mi odierà e ognuno di noi due andrà per la sua strada. Quindi? Nessun rischio, nessuna perdita.*

Ma nemmeno lei credeva a quella cazzata. Aspettare le sue lettere e mettere la sua vita in pausa per scrivergli faceva stare Jory su di giri. Amore? Ebbe un brivido al solo pensiero. Somigliava più a un'amicizia. Tuttavia, una cosa era certa: era troppo tardi per porvi fine.

Qualche volta, si sentiva nervosa pensando al giorno del regolamento dei conti. Lui si era arruolato per tre anni ed era passato solo un anno e mezzo, quindi aveva ancora abbastanza tempo per capire le cose.

Quella nuova lettera aveva cambiato tutto. La corrispondenza era cominciata quasi per gioco, quando Jory aveva dovuto rimediare a un altro guaio di Amber, ma poi era andata oltre. Trent era diventato molto più di un amico di penna ed era arrivato il momento di ammettere la verità.

I GIORNI CHE TRASCORREVANO senza ricevere le sue lettere erano deludenti. Si rese conto di avere un'andatura più lenta quando la cassetta delle lettere era vuota. *Non mi sto innamorando di lui. È solo un amico, un buon amico.*

"Ti sei accorta di avere meno appetito quando non ricevi una lettera da Trent?" le chiese Nan, mettendo sul tavolo una teglia di maccheroni al formaggio.

"Non può essere vero."

"Invece lo è. Ti stai innamorando di lui, non è così?" Nan spostò la sua sedia.

"Stupidaggini." Jory si mise una buona porzione nel piatto. "Dov'è Amber?"

"È uscita con Troy. Sono andati al fast food."

"Non dovrebbe mangiare quella robaccia."

"È abbastanza magra. Non la ucciderà. Quando uscirai di nuovo con Archie?"

Lo stomaco di Jory si rivoltò al solo pensiero. "Non lo so. Con un po' di fortuna, mai." Si portò il cucchiaio alla bocca.

"Mai? Hai rotto con lui? Credevo che foste una coppia."

"Nessuno parla più in questo modo. E comunque no, non lo siamo mai stati. E non lo saremo mai."

"Lui va in giro per la città come se ti possedesse."

"Amber dice che si lamenta con tutti perché non vado a letto con lui."

Nan si strozzò mentre mangiava. Jory le porse un bicchiere d'acqua e le diede una pacca sulla spalla.

"Devi dirmi queste cose proprio mentre sto mangiando?" disse Nan, dopo aver ripreso fiato.

"Mi dispiace."

"Che cosa hai intenzione di fare? Qui c'è un uomo che non ti piace, mentre laggiù ce n'è uno che ti piace, ma che non sa che sei tu."

La concisa spiegazione di Nan riguardo al suo dilemma le riempì gli occhi di lacrime. "Non lo so, Nan. Proprio non lo so."

Sua zia le mise un braccio intorno alle spalle. Jory scoppiò a piangere, nascondendosi il viso con un tovagliolo.

"Ehi, piccola. È giusto che tu pianga. Questa situazione è assurda."

"Devo scaricare Archie. Lui continua a chiedermelo e io continuo a rifiutare."

"E che ne sarà del tuo lavoro? Non è lui che comanda?"

"Non lo so. Magari devo cercarne un altro. Il tipo dell'Oak Bend Reporter mi ha chiamata. Mac Caldwell, il vecchio decano della Kensington State University, mi ha consigliata per il ruolo di caporedattore."

"Perché non vai a fare un colloquio? Non che io voglia che tu ti trasferisca, ma se è la cosa migliore, allora fallo."

"Come farete tu e Amber ad andare avanti senza il mio contributo ogni mese?"

"Farò trovare ad Amber un vero lavoro.", ridacchiò Nan.

Jory si asciugò gli occhi e annuì. "Domani gli parlerò."

Non ebbe tempo di chiamare il direttore dell'Oak Bend perché Archie Peabody le stava sempre addosso, gironzolando tutta la mattina intorno alla sua scrivania. Da quando aveva scritto quell'articolo sull'iniziativa di Pine Grove per la corrispondenza con i soldati, il suo cosiddetto ragazzo non l'aveva persa d'occhio un attimo.

Quella mattina, Archie si avvicinò alla scrivania di Jory per la centesima volta, poi si fermò. Si sedette nell'angolino. "Dopo quell'articolo sul soldato, immagino che per te sia troppo monotono uscire ancora con me," le disse, guardandola negli occhi per qualche secondo prima di abbassare lo sguardo.

"Gli scrivo solo qualche lettera, Archie. Tutto qui. Non lo riconoscerei se lo incontrassi per caso." Tornò a concentrarsi sul computer e continuò a scrivere.

"Vuol dire che verrai al concerto con me?"

Aggrottando la fronte, lei alzò lo sguardo e annuì.

Archie si abbassò per sussurrarle qualcosa all'orecchio. "E passerai la notte con me?"

"No," gli rispose, tornando a concentrarsi sul suo lavoro.

"Com'è che funziona?", le chiese arrossendo. "Io spendo un sacco di soldi per te e tu non vuoi nemmeno venire a letto con me."

"Abbassa la voce!"

"È la verità. Sono io che devo vergognarmi, non tu."

"Quindi si tratta di soldi? Quindi, se venissi a letto con te, sarei una specie di prostituta?" Distolse lo sguardo dalla tastiera per guardarlo negli occhi e aggrottò la fronte.

"Distorci sempre quello che dico. Lascia perdere il concerto. Sono stanco, Jory. Mi piaci abbastanza, ma la castità non fa per me. Va avanti così da troppo tempo."

Ferita dalle sue parole, appoggiò la schiena. "Ti interessa solo il sesso, vero? Addio. Lasciami perdere, Archie.", gli disse, facendogli cenno di allontanarsi con la mano.

"Non hai capito. Bene, è finita.", disse lui, allontanandosi in fretta.

Gladys, del reparto pubblicità, guardò Jory. Un'occhiataccia della giornalista rispedì quella ficcanaso a occuparsi del suo computer.

Quando Jory arrivò a casa, trovò una lettera ad aspettarla. Prese una tazza di caffè e la busta e le portò nella sua stanza. Distraendosi per un attimo con la mangiatoia, osservò gli uccelli litigare per il posto migliore. *Non sono migliori di noi. Lottano per vivere. Non è per questo che Trent sta combattendo?*

Si sedette sul letto a gambe incrociate e bevve l'ultimo sorso di caffè prima di aprirla.

Cara Jory,

ho presupposto che tu non avessi un ragazzo, ma forse mi sono sbagliato.

Forse sei solo il tipo di persona che mi scrive nel tempo libero. Spero ancora in noi due, ma poi mi ricordo la tua foto. Una ragazza come te avrà sicuramente un milione di ragazzi che le chiedono di uscire.

Anche se non sono sicuro di voler sapere la verità, ti prego di dirmela. Stai frequentando qualcuno? È una storia seria? Ho bisogno di sapere se ho una possibilità o se saremo soltanto amici.

Continuò a leggere la lettera. Le parlava di Rocky e della musica che gli piaceva ascoltare. *Certo, Amber ha un milione di ragazzi che le chiedono di uscire.* Prese il suo tavolino da letto e cominciò a scrivere la risposta.

Caro Trent,

per rispondere alla tua domanda, sì, c'è stato qualcuno, ma non è mai stata una storia seria. Questa è una piccola città. Non ci sono molti ragazzi qui per me. Forse sono troppo esigente. Oggi abbiamo deciso di smettere di frequentarci e, francamente, mi sento sollevata. Lui non è il mio tipo, ma non sono sicura di quale sia esattamente il mio tipo. Quindi, non hai nessun concorrente. È quello che volevi sentirti dire? E tu? Non ci sono donne laggiù? Intendo dire, non ci sono donne americane, come te, nell'esercito? Stai frequentando qualcuna?

Non è per essere ficcanaso. Passo molto tempo a pensare a te e a scriverti e non voglio farlo se stai frequentando qualcuno. Spero che tu capisca. Sei l'unico per me in questo momento. Spero che tu provi le stesse cose.

Con amore,

Jory

Si mordicchiò il labbro. L'attesa era la parte più difficile della sua relazione con Trent. Dopo una settimana, ricevette la sua risposta.

Cara Jory,

non mi hai sentito esultare mentre leggevo la tua lettera? Mi hai migliorato la giornata.

Non sono felice perché ti sei lasciata con il tuo ragazzo. Beh, onestamente, sì, un po' lo sono. (Lui aveva disegnato una faccina sorridente) Quindi, siamo solo noi due. Vuoi sapere se sono single? Certo che lo sono. Ho avuto qualche avventura quaggiù. Non è un posto semplice, ma nessuna storia seria. L'ultima vol-

ta che ho sentito Sheila, l'ultima ragazza che ho frequentato, lei era stata rimandata negli Stati Uniti. Non ho idea di dove sia adesso.

So che non sappiamo molto l'uno dell'altra, ma essere qui rende prezioso ogni minuto. Impari ad apprezzare quello che hai, anche la vita stessa. Spero che non sia troppo presto per dirti che sei molto importante per me. Potrebbe sembrare folle per qualcun altro, ma io sento che c'è una connessione tra di noi, qualcosa che ci unisce. Spero che tu provi le stesse cose. Se non è così, per favore, perdona questo soldato solitario che spera che tu sia quella giusta.

Trent

Jory fece un ampio sorriso. Iniziò a canticchiare "Dancing on Sunshine" e a volteggiare per la stanza. Aprì la finestra e fischiettò agli uccellini appollaiati sulle mangiatoie. Il sangue le scorreva velocemente nelle vene e il cuore le batteva rapidamente e continuamente nelle orecchie.

Il rifiuto aveva lasciato il posto alla felicità. Aver conquistato il suo cuore la faceva sentire leggera come l'aria.

Prese un foglio di carta rosa e si sedette sul letto.

Caro Trent,

ero davvero felice quando ho ricevuto la tua lettera oggi. È da un po' di tempo che non ho un vero ragazzo. Non mi innamoro esattamente tutti i giorni. Non sto dicendo di essere innamorata di te, ma sono felice del modo in cui stanno andando le cose tra di noi.

Ho la sensazione di poterti raccontare tutto, sapendo che tu mi capisci. Sei anche molto brillante. Sai tutto quello che c'è da

*sapere sugli uccelli e sai molto anche delle persone. Le cose qui
al giornale si stanno complicando con il ragazzo con cui uscivo,
che mi gironzola intorno e mi osserva tutto il tempo. È arrabbiato e io sono preoccupata per il mio lavoro.*

Aggiunse qualche dettaglio sui fringuelli che si posavano sulle sue
mangiatoie e fece qualche commento sulla sua musica preferita, poi
chiuse la busta. Quando Nan la chiamò per dirle che la cena era pronta,
Jory portò giù con sé la lettera, fece un respiro profondo e la mise
sul vassoio accanto alla porta d'ingresso perché Nan potesse spedirla il
giorno dopo.

Durante la cena, Jory espresse la sua curiosità sul cibo nell'esercito.
Sollevò la sua forchetta, pronta a mangiare il pasticcio di carne di sua
zia, ma si fermò. "Mi chiedo che cosa mangi Trent laggiù."

"Probabilmente qualche ciotola di sbobba," disse Amber, prendendo una forchettata di quella gustosa pietanza.

"Che cosa intendi?" Jory aggrottò la fronte.

"Robaccia. Puzzolente e disgustosa." Amber fece una smorfia e rabbrividì.

"Non puoi saperlo. Non possono dar loro della robaccia se devono
combattere."

Quella sera stessa, spinta dalla curiosità, Jory scrisse al suo amico
militare. Dopo due settimane, ricevette la sua risposta.

*Alla base, mangiamo dei pasti caldi. Non come a casa, ma
va bene così. Anche fast food, qualche volta. In campo, mangiamo pasti pronti. Sono piuttosto disgustosi. Alcune cose, come
il pane, il burro d'arachidi e i biscotti sono buoni. Ma il pasto
principale è orribile, tranne i ravioli. Somigliano al cibo in
scatola che usava mia madre.*

*Mi è venuta fame immaginando il pasticcio di carne di tua zia.
Lo preparerai anche per me quando tornerò a casa?*

"Zia Nan," chiamò Jory dalla sua stanza in mansarda.

Si incontrarono in cucina.

"Puoi insegnarmi a cucinare il pasticcio di carne?"

Quando sua zia la guardò stringendo gli occhi, la ragazza le spiegò.

"Certo che posso insegnartelo ma, quando lui tornerà negli Stati Uniti, come farai a spiegargli che non sei Amber? O meglio, che Amber non è te?"

"Non ci ho ancora pensato. Forse, farei meglio a dimenticarlo. Voglio dire, quando tornerà, questa pagliacciata sarà finita, no? Probabilmente non vorrà più parlarmi, quindi non serve nemmeno che io impari a cucinarlo."

Nan afferrò il braccio di sua nipote e la riportò in cucina. "Se non cucinerai per quell'uomo, ce ne sarà un altro."

"Non penso proprio, ma chi se ne frega!" esclamò Jory, indossando un grembiule.

MENTRE I GIORNI PASSAVANO, la primavera iniziava a riscaldare Pine Grove. Sugli alberi comparvero le prime foglie verdi. Cominciarono a spuntare i boccioli di rosa. I cappotti di lana lasciarono il posto alle giacche più leggere. Jory continuava a lavorare al giornale, evitando Archie ogni volta che poteva.

Secondo i pettegolezzi, aveva iniziato a frequentare Marla, l'impiegata dell'ufficio postale. Jory fece un sospiro di sollievo quando seppe la notizia. Lui non la guardava più in malo modo, ma le lanciava qualche occhiata maliziosa. *Pensa forse che io sia gelosa?* Lei riusciva a malapena a smettere di sorridere.

Mentre Pine Grove si riempiva di fiori, Jory aveva un peso sul cuore. Aveva detto a Trent una grossa bugia, che si ingigantiva sempre di più settimana dopo settimana. Il suo cuore si faceva sempre più pesante a ogni lettera che riceveva.

Cara Jory,

si dice che la primavera sia già arrivata lì nel tuo villaggio. Anch'io ricordo la primavera, le foglie verdi e i fiori che spuntano dappertutto. Almeno credo di ricordarmeli. Questo posto è sempre un inferno, ma poi penso a te. Sei come un fiore che sboccia in primavera, un narciso. Non voglio fare lo sdolcinato.

È solo che penso ai tuoi capelli d'oro e alla fresca aria primaverile e il mio cuore prende il volo. Mi fai quest'effetto. Questo e molti altri. Te lo dimostrerò quando tornerò a casa. A proposito, tra poco tornerò, ma non preoccuparti, non ho intenzione di tornare dentro una bara. Adesso ho qualcuno da cui tornare: sei tu, mia bella Jory, la mia ragazza della primavera.

So che eravamo d'accordo di non dirlo. Eravamo d'accordo che forse non ci saremmo nemmeno incontrati, ma non ho mai conosciuto una ragazza più gentile e sveglia di te. E sei anche estremamente carina, quindi voglio infrangere le regole e dirtelo: ti amo. Davvero. So di amarti. Ogni tua lettera mi solleva, in molti modi.

Oops, ecco, l'ho rifatto, ho di nuovo detto qualcosa di sconcio. Ti chiedo scusa ;).

Sono sincero e, quando tornerò, voglio passare il resto della mia vita a dimostrarti quanto ti amo. Spero che anche tu provi le stesse cose e che anche tu vorrai infrangere le regole. Spero che tu stia bene e che sia felice. Devo restare qui in Afganistan ancora per un po' ma, non appena tornerò negli Stati Uniti, lo farò. Sapere di tornare a casa da te fa la differenza.

Con amore,

Trent

Eccola lì, quella parola, scritta nero su bianco. La parola che aveva sperato e temuto maggiormente allo stesso tempo. Amore. Lei lo amava? Certo che sì. Gli avrebbe mandato una lettera come quella? Impossibile.

Si strinse quelle pagine al petto e il sangue iniziò a ribollirle nelle vene. Un misto di felicità e tristezza si fece strada dentro di lei, inumidendole gli occhi. Il senso di colpa prese il sopravvento. Soltanto una scelta avrebbe alleviato quelle brutte sensazioni: doveva dirgli la verità. Prese un altro foglio di carta e aprì la penna.

Quando si sedette a scrivere, tutto il suo rispetto e il suo amore per Trent vennero fuori. Non vedeva l'ora di dirgli ciò che sentiva, ma le parole non arrivavano. Dirgli di amarlo per poi rivelargli di essere una bugiarda non avrebbe funzionato.

Cercò di farsi coraggio. Se lo amava veramente, doveva confessargli tutto. Quello era l'unico modo in cui avrebbero potuto stare insieme. Nonostante le paure e i dubbi che la tormentavano, doveva fare un tentativo. Il fremito che sentì nel suo petto le fece tremare la mano. *Da dove posso cominciare?*

> *Caro Trent,*
> *so che ti stai innamorando di me, ma sono una bugiarda e un'ipocrita.*

Appallottolò il foglio e lo lanciò nel cestino, mancando il bersaglio.

> *Caro Trent,*
> *qualche volta le cose non sono come sembrano, così come le persone.*

Scosse la testa e gettò di nuovo il foglio.

> *Caro Trent,*

è arrivato il momento di dirti la verità su chi sono davvero.

Sospirò profondamente e continuò a scrivere. Di solito, Jory scriveva le sue lettere a Trent in pochi minuti, ma ci mise un'ora e mezza a scrivere quella. Aveva le lacrime agli occhi e dovette fermarsi diverse volte. Correre il rischio che lui potesse capire, senza mandarla via dalla sua vita, le faceva battere il cuore ancora più forte.

Essendo il tipo a cui non piaceva correre rischi, adesso si sentiva come un funambolo che cammina sulla fune senza rete di protezione. Si era detta migliaia di volte di non dover proseguire ma, ogni volta che arrivava una lettera, la apriva, impaziente di leggere le sue parole di amicizia e d'amore, per poi rispondergli. Aveva mantenuto la calma con lui? No. Aveva nascosto il suo ardore per lui? No. Adesso, poteva solo biasimare sé stessa.

Dai discorsi sugli uccelli e sulle esperienze di infanzia, lui era passato a parlare di argomenti più intimi. Leggere i suoi desideri più spinti, scritti a mano, la faceva sentire più vicina a lui. Alla fine, Trent le aveva dichiarato il suo amore, facendola sentire al settimo cielo. Adesso doveva confessargli tutto. Pur non avendo condiviso i suoi sentimenti con lui, sapeva di amarlo e questo la distruggeva.

Quando finì di scrivere, pianse fino ad addormentarsi. La lettera rimase sul cassettone per diversi giorni. Soffriva molto nel dover decidere se mandargliela o no. Forse avrebbe dovuto dirgli tutto al suo ritorno. *Se lo ami davvero, devi fare la cosa giusta. Glielo devi.*

Il venerdì successivo, Jory si fece coraggio. Consegnò la busta a Nan.

"Qualcosa non va, tesoro?"

"Eccola qui, Nan. La lettera in cui gli dico tutta la verità."

Sua zia ebbe un sussulto. "L'hai fatto davvero?"

"L'ho fatto davvero."

Amber arrivò alle loro spalle. "Fatto cosa?"

Jory spiegò tutto.

"È una stupidaggine. Dovresti dirgli semplicemente di aver conosciuto qualcun altro. Lo supererà," disse Amber.

"Non posso farlo. Sono troppo coinvolta."

Lo sguardo preoccupato di sua zia fece inumidire gli occhi di Jory.

"Non so che cosa sia successo. Doveva essere solo una corrispondenza amichevole."

"E?" incalzò Amber.

Per un attimo, Jory fu travolta dall'emozione.

"Non lo so, è stupido. Non dovrei amarlo. È totalmente diverso dall'uomo che vorrei. È l'uomo sbagliato per me." Quelle parole le uscirono rapidamente dalla bocca. "Non è un intellettuale. Non ha letto nessuno dei libri che ho letto, gli piacciono i film d'azione, odia i film per ragazzi, ama la carne, odia l'insalata e gli piacciono le armi. Tutto ciò che dovrei disprezzare. Ma non ci riesco, non ci riesco!"

Urlando e piangendo, si gettò tra le braccia di sua zia. "Perché, zia Nan? Perché mi sono innamorata di lui? Non doveva succedere."

Nan si mise ad accarezzare i capelli di sua nipote mentre la stringeva a sé. "L'amore è imprevedibile, tesoro.", disse Nan, accarezzando la schiena di Jory.

Amber andò a prendere una scatola di fazzolettini e la porse a sua sorella. "Mi dispiace molto, Jory. Non volevo che succedesse tutto questo. Però magari potrebbe funzionare, no?"

"Impossibile. Quando leggerà questa lettera, finirà tutto. Probabilmente riceverò una risposta arrabbiata. Forse nessuna risposta. Finirà tutto."

"Allora, perché vuoi spedirla?" Amber si mise le mani sui fianchi.

"Perché devo farlo. Non posso più mentirgli. Non è giusto. Se andrà via, allora pazienza. Sarà il prezzo che dovrò pagare per essere andata troppo oltre. Non è giusto nei suoi confronti." Jory fece un passo indietro, si soffiò il naso e si asciugò gli occhi.

"Credo che tu sia molto coraggiosa," disse Amber, abbracciando sua sorella.

"Non lo sono, non lo sono. Questo è decisamente un comportamento codardo. Scrivergli una lettera invece di affrontarlo di persona. Non potrei sopportare il suo sguardo di delusione. Non potrei proprio farcela."

Scoppiò di nuovo in lacrime, interrompendo la conversazione.

"Mi dispiace molto," sussurrò Amber.

"Non è colpa tua," disse Jory. "È tutta colpa mia. Ho lasciato che andasse avanti per troppo tempo. Avrei dovuto scrivergli la verità mesi fa." Si asciugò il viso e cercò di sorridere.

Nan mise la lettera nella tasca della sua giacca da casa. "Se è questo che vuoi. Sei sicura di non volerci pensare per un po'?"

Jory scosse la testa. "No, sono pronta. Per favore, dalla a Marla."

Nan annuì una volta, abbracciò di nuovo sua nipote e uscì dalla stanza.

Jory sentì un brivido che le attraversava tutto il corpo mentre apriva la porta. Abbracciò Amber, poi scese lentamente i gradini. Nel tragitto verso la macchina, tirò fuori il suo telefono e digitò un numero.

"Oak Bend Reporter, come posso aiutarla?" rispose la voce dall'altra parte della cornetta.

"Potrei parlare col direttore, per favore?"

Capitolo Tre

Jory non si aspettava che l'attesa fosse così difficile. Un giorno era felice di non trovare nessuna lettera arrabbiata tornando a casa, mentre il giorno dopo si chiedeva perché lui non le rispondesse. In preda alla paura, apriva la cassetta delle lettere con le mani tremanti.

Immaginava tutte le cose tremende che le avrebbe scritto e i modi orribili in cui l'avrebbe chiamata. *Sarebbe stato molto peggio di persona.* Ma, quando non riceveva nessuna risposta, un sentimento di delusione la turbava profondamente. *È possibile che sia così arrabbiato da non volermi più parlare? Lo sapevo, adesso mi odia.*

La paura delle sue parole si allontanava, lasciando il posto a una maggiore tristezza. Continuava a contare i giorni. *Sono passati solo quattro giorni, probabilmente non l'ha ancora ricevuta. Poi, è passata solo una settimana. Troppo poco tempo per ricevere la mia lettera e potermi rispondere.*

Giorno dopo giorno, quando apriva la cassetta della posta, la trovata vuota o vi trovava solo qualche volantino pubblicitario. Poi, cercava una scusa sul motivo per cui non vi fosse nessuna lettera. Le settimane diventarono due, poi tre, poi quattro. Era passato un mese e la verità era ormai evidente. Doveva ammettere a sé stessa che era finita. Trent non voleva nemmeno urlarle qualcosa, dirle che era una bugiarda, niente. La frustrazione di non conoscere esattamente i suoi pensieri la distruggeva.

Era semplicemente scomparso, così come era entrato nella sua vita. Jory smise di controllare la cassetta delle lettere. Perse l'appetito e perse anche del peso. Cercò di curare il suo cuore infranto rileggendo le sue vecchie lettere, alla ricerca della verità: non gli importava nulla di lei e forse non gliene era mai importato.

"Tra pochi giorni, comincerà la Fiera di Oak Bend. Perché non andiamo tutte insieme alla giornata d'apertura?" domandò Nan quel sabato durante la colazione.

"Andateci voi due e divertitevi."

"Forza, Jory. Non vuoi fare più niente e non vuoi più andare da nessuna parte," protestò Amber.

"Davvero? Ehm, forse. Forse hai ragione. Sto bene qui."

"Tutto ciò che fai è intristirti per quel coglione e dar da mangiare a quegli stupidi uccelli."

Jory le lanciò un'occhiataccia. "Tu vivi la tua vita come vuoi e io voglio fare lo stesso con la mia." Con quelle parole, si alzò da tavola e andò nella sua stanza.

Andare al lavoro non migliorava le cose. Archie Peabody si aggirava per l'ufficio come se fosse l'unico stallone al mondo. Non faceva che parlare delle notti bollenti trascorse con Marla e di come lei fosse una dea del sesso, soprattutto quando Jory poteva sentirlo. Lei lo ignorava, ma il suo modo scadente di vantarsi la irritava a tal punto che l'idea di mettergli del nastro adesivo sulla bocca metteva a dura prova il suo autocontrollo. Archie era un ottimo motivo per trasferirsi a Oak Bend a lavorare per il Reporter.

Quando il mangime per gli uccelli terminò, non ebbe il coraggio di andare a comprarne dell'altro, così si limitò a togliere le mangiatoie. Quando le cince e i fringuelli cinguettavano le loro lamentele dai rami vicini, lei chiudeva le tende e metteva la musica. Sentiva la mancanza della loro allegria e dei loro cinguettii, ma doveva prendere le distanze da tutto ciò che le ricordava Trent.

Tranne che dalle sue lettere. Le aveva legate con un nastrino rosa e le aveva conservate in una scatola profumata dentro un cassetto del suo comò. Non avrebbe mai potuto liberarsene.

Una domenica pomeriggio, Jory era a letto, intenta a leggere un romanzo d'amore, quando sua zia bussò alla porta della sua stanza.

"Sto andando all'ospedale dei veterani a Oak Bend. Sai che Dan è un militare in pensione. Mi ha detto che hanno bisogno di volontari. Persone che distribuiscono le riviste, chiacchierino con i pazienti, scrivano lettere per loro e altre cose del genere. Così, ho deciso di andarci. Perché non vieni con me?"

"Sono occupata a leggere."

"Jory Wheeler! Alza immediatamente il culo da quel letto! Sinceramente, stai battendo il record mondiale dell'autocommiserazione. Questa casa sembra un funerale. Forza, alzati! Fa' qualcosa di positivo nella tua vita."

Le lacrime offuscarono gli occhi di Jory. "Pensi che sia facile? Mi ha spezzato il cuore. Io mi sono spezzata il cuore. Non so cosa pensare e non riesco a fermarmi. Davvero, Nan, mi dispiace, ma non ho energie. Non riesco a fare niente."

"Allora è arrivato il momento di riprendere la tua vita in mano. Alzati subito, ragazzina! Togliti quei vestiti neri e indossa qualcosa di colorato. Tornerò tra cinque minuti e sarà meglio che tu sia pronta."

Lo sguardo minaccioso di sua zia stupì Jory. Non aveva mai visto Nan comportarsi in quel modo prima d'allora. Indossò un paio di jeans e un top rosa, si spazzolò i capelli, mise un po' di rossetto e scese al piano di sotto.

"Adesso va molto meglio. Cazzo! Tutte queste lacrime e non sai nemmeno cosa pensa."

"Non mi ha più scritto. Non è già abbastanza evidente?" Jory seguì sua zia in macchina.

"Non saltare alle conclusioni, magari gli è successo qualcosa." Jory fece un respiro profondo, così Nan precisò le sue parole. "Voglio dire, non posso saperlo. Nemmeno tu puoi saperlo. Adesso sali in macchina."

L'idea che Trent potesse essere ferito, o persino morto, non le era nemmeno venuta in mente. Rimase seduta immobile per lo stupore, con il battito del cuore accelerato. Le sue mani iniziarono a sudare. "Non pensi che sia morto, vero?"

"Cazzo! No. Se fosse morto, Dan l'avrebbe saputo."

Rimasero in silenzio per i venti minuti successivi. Nan tenne lo sguardo sulla strada, lanciando un'occhiata a sua nipote di tanto in tanto. Si mordicchiava il labbro e tamburellava con le dita sul volante. Jory guardò sua zia e sentì puzza di bruciato. *Nan ha in mente qualcosa.*

Prima che potesse iniziare a farle il terzo grado, sua zia entrò nel parcheggio dell'ospedale.

"Dobbiamo chiedere di una certa Mavis Elton. È lei che si occupa dei volontari," disse Nan, spingendo la porta girevole e continuando a evitare il contatto visivo con sua nipote.

La riunione durò circa mezz'ora, poi Mavis le accompagnò a fare un giro dei reparti e delle stanze private. Si fermarono davanti a una porta.

"Questo soldato si trova qui da un paio di settimane. Ha ferite multiple e sta aspettando un trapianto di cornea. Stiamo cercando qualcuno che possa leggere a voce alta per lui."

"È perfetto per Jory. Lei ama leggere," intervenne Nan, spingendola a entrare.

Jory guardò Nan, la mandò via e sbirciò dentro la stanza. Quell'uomo aveva una gamba ingessata e immobilizzata. I suoi occhi erano bendati. Aveva altre bende e garze sparse per il corpo, oltre a dei tagli profondi sulle braccia. *È ridotto proprio male.* "Come si chiama?" domandò Jory.

Mavis esaminò la lista, scorrendo un dito lungo la pagina. "Sergente scelto Trent Stevens."

La stanza cominciò a girare. A Jory sembrava di non avere più aria nei polmoni. Si avvicinò al muro per appoggiarsi.

"Se ti piace leggere, allora ti lascio qui per presentarti. Vieni con me, Nan?"

"Tra un attimo."

"Ci vediamo in ufficio."

Prima che Jory potesse replicare, l'amministratrice dell'ospedale era già andata via. "Non posso entrare lì dentro."

"Sì che puoi." Nan prese un foglio stropicciato dalla tasca.

"Che cos'è? La mia lettera?" Jory ebbe un sussulto.

"Non l'ho spedita," confessò Nan.

"Cosa?" disse Jory, con la pressione alle stelle.

"È la lettera in cui spieghi tutta la verità. Non l'ho spedita."

"Mi hai lasciata soffrire tutte queste settimane, pensando Dio sa cosa... e non l'hai nemmeno spedita?"

Nan scosse la testa. "Era una pessima idea dirglielo in quel modo."

"Perché non me l'hai detto?"

"Perché sapevo che ne avresti scritta un'altra e l'avresti spedita tu stessa. Inoltre, circa una settimana dopo avermela data, Dan mi ha detto di Trent."

"Avevo ragione! Avevi in mente qualcosa. Quindi mi hai portata qui solo perché io lo vedessi. Perché lo guardassi. Nan, è pieno di ferite!" esclamò con le lacrime agli occhi.

"È vivo. Riprenditi ed entra lì dentro, subito. Ha bisogno di te."

"Non sa chi sono io."

Una voce profonda la chiamò. "Jory? Jory, sei tu?"

Si voltò a guardare sua zia e sussurrò qualcosa. "Come fa a sapere che sono qui?"

L'espressione innocente di Nan alimentò la rabbia di Jory.

"Che cos'altro hai fatto, Nan?" le chiese la ragazza, con uno sguardo burrascoso come un tornado estivo.

"Ok, ok. Forse ho spruzzato un po' del tuo profumo sulle tue lettere."

"Che cosa?" Jory spalancò gli occhi.

"Mi hai sentita. Ho pensato che gli sarebbe piaciuto moltissimo."

"Perfetto. Così adesso ha riconosciuto il mio profumo?"

"Già, sei in trappola. Non puoi tirarti indietro. Ascoltami, non sapevo che sarebbe successo tutto questo. Volevo semplicemente rendere le tue lettere un po'... ehm, più sensuali, più indimenticabili."

"E ha funzionato."

"Adesso vai," disse Nan, spingendo sua nipote verso la porta. "Forza. Lascia che i suoi sogni si avverino, tesoro."

Jory fece un passo dentro la stanza.

"C'è qualcuno? Jory? Riconoscerei il tuo profumo ovunque."

Lei fece un respiro profondo per evitare che la sua voce tremasse, ma non funzionò. Si schiarì la voce e fece dei piccoli passi verso il suo letto prima di voltarsi per guardare Nan. Sua zia le stava facendo dei gesti per spingerla ad andare avanti. Poi, la salutò con la mano e scomparve dalla sua vista.

Jory deglutì, con la bocca asciutta come una fetta di pane bruciacchiata.

"Ehi, guarda che non mordo. Entra pure."

"Trent?"

"Sono io."

Lui allungò un braccio bendato verso di lei. Lei mise la mano nella sua. Era calda e asciutta. Prese una sedia.

"Non riesco a credere che finalmente possiamo incontrarci e io sono così messo male." Si passò le dita prima tra i capelli a spazzola, poi sul mento ispido.

"Non sei affatto messo male." Lei disse una breve preghiera per annullare la sua bugia.

"Sono a pezzi e non posso vederti."

Lei gli strinse la mano. *Per me sei bellissimo.*

"Immagino che tu sia furiosa. Non ti scrivo da settimane."

"No, no, niente affatto. Guardati, come avresti potuto scrivermi?" *Del resto, cosa cambia un'altra bugia?*

Il silenzio cadde nella stanza.

"Che cosa è successo?", sussurrò lei.

"Una bomba. Stava quasi per amputarmi la gamba."

"Oh, mio Dio, mi dispiace moltissimo, Trent."

"Grazie." Lui rimase in silenzio. Abbassò la testa come se volesse esaminarsi le mani.

"Quello che conta è che sei sopravvissuto."

"Ci vorrà molto tempo per riprendermi. E non mi aspetto che tu mi stia accanto nel frattempo. Non sono lo stesso ragazzo al quale scrivevi. Apprezzo che tu sia venuta, ma non sei costretta a restare. Sono certo che tu sia molto impegnata."

Il rumore lontano di un tosaerba attirò il suo sguardo verso la finestra e vide sul davanzale una pila di libri. Si alzò in piedi per andare a esaminarli.

"Grazie di nuovo, prenditi cura di te," le disse.

"Non sto andando via. Sono vicino alla finestra. Ci sono dei libri." Ne prese quattro dalla cima della pila.

"Non mi fanno molto bene. Davvero, non sei obbligata a restare."

"Sono qui per leggere all'uomo che sta in questa stanza e mi pare che sia tu. Quale vuoi che ti legga?" gli chiese, leggendo i titoli a voce alta.

"Non sei costretta a farlo. Lo capisco. Nessuna donna vorrebbe stare con un ragazzo invalido. Non te ne farei una colpa."

"Rischiando di essere ripetitiva, sono qui per leggere per te," continuò lei, tornando accanto al suo letto.

Trent allungò il braccio e le afferrò il polso. "Ascoltami! Lo capisco, nessun problema. Nemmeno io lo farei. Nessuno ti darebbe la colpa per questo. Non hai firmato per farlo, quindi vattene. Trova un ragazzo normale e sii felice."

"Smettila di dirmi cosa fare!" esclamò lei, alzando la voce.

Lui sollevò la testa.

Dopo aver fatto un respiro profondo, lei si calmò. Il suo tono di voce tornò alla normalità. "Nessuno può sapere cosa gli riserva il futuro. Io sono qui perché voglio esserci." Lei si raddrizzò, sistemandosi la gonna. "Non puoi farmi andare via.", ribatté lei.

"Oh, davvero? Mettimi alla prova. Devo solo mettermi a urlare e ti sbatteranno fuori da qui."

Lei gli mise una mano sul braccio. "Non lo faresti, vero?"

"Non voglio trascinarti in questo buco nero con me. Vattene. Mi è piaciuto molto ricevere le tue lettere. Abbiamo avuto qualcosa di speciale, ma è finita. Il gioco è cambiato e adesso è finito tutto."

"I miei sentimenti non sono cambiati." Lei guardò i libri, poi tornò a guardare lui.

"Non recitare con me. Ho visto saltare in aria degli amici. So come ci si sente a stare accanto a qualcuno che lotta per sopravvivere. E difficile, è tremendo. Non voglio che resti."

Con le lacrime agli occhi, lei iniziò a tirare su col naso. "Non puoi dirmi che cosa fare."

"Visto? Stai già piangendo e le cose non miglioreranno molto. Anche se troveranno delle nuove cornee, e ribadisco se, non so se riacquisterò del tutto la vista."

"Non fare programmi. Cerca solo di vivere un giorno alla volta."

"Per te è facile dirlo. Maledetti luoghi comuni." Lui aggrottò la fronte.

"Io resto qui e non ho intenzione di andare da nessun'altra parte."

Lui cercò di incrociare le braccia sul petto, ma fece una smorfia per il dolore. Lei vide i punti sugli avambracci e sui bicipiti. I suoi muscoli spiccavano sotto le suture. Il suo viso era bello come quello in foto. *Non le aveva mentito.*

"Sei una donna tremendamente testarda, lo sai?"

"Tra simili ci si riconosce, ma non posso reggere il confronto con te," ribatté lei.

"Almeno, io ho un motivo per esserlo," le rispose.

"Anch'io," insistette lei.

Era come vedere la sua foto a grandezza naturale. Per quanto oscurato dalla tristezza e dall'incertezza, il suo viso era sempre molto bello. Le sarebbe piaciuto poterlo salutare con un cenno della mano e renderlo di nuovo felice. Poi, si ricordò che, se ciò fosse stato possibile, quella messinscena sarebbe finita e lui si sarebbe accorto che lei non era Amber.

Jory sospirò profondamente. Il suo segreto era ancora al sicuro, almeno per un po'. Nonostante il suo cuore soffrisse per Trent, era felice di poterlo vedere, di poterlo toccare e di poter stare con lui. I suoi limiti fisici rappresentavano un'altra sfida per la loro relazione, ma era una sfida che lei non temeva. Aveva sentito molto la mancanza delle sue lettere ed era felice che lui fosse a casa. *Prima o poi, verrà a sapere la verità ma, per adesso, è mio.*

La sua voce ruppe il silenzio. "*Quel fantastico giovedì.*"

"Scusami?"

"*Quel fantastico giovedì* di John Steinbeck."

Jory guardò i libri che aveva sulle gambe. Eccolo lì.

"Mi hai detto che è uno dei tuoi preferiti. Ti dispiacerebbe cominciare con questo?"

Un ampio sorriso le illuminò il volto. "Certo, certo. Sì, è uno dei miei preferiti, ma si tratta di un sequel. Il primo è *Vicolo Cannery*."

"L'ho già letto, o almeno me l'ha letto un volontario una settimana fa."

"Davvero? Ti è piaciuto?" gli chiese chiudendo il libro.

"Certo, è per questo che voglio leggere il successivo."

"Non fare il permaloso."

"Davvero? Non pensi che io mi sia guadagnato il diritto di essere un po' permaloso?"

Lei scoppiò a ridere. "Ok, hai vinto."

Lui la indicò. "Comincia a leggere!" Lui appoggiò la schiena, si intrecciò le dita dietro la testa, sorrise e continuò a parlare. "Forza."

"Tutto bene?"

"Solo un po' di dolori, non preoccuparti."

"Davvero?"

"Sto aspettando."

"D'accordo, signor sergente," rispose lei.

Jory aprì il libro e iniziò a sfogliare le pagine fino al primo capitolo.

DOPO UN'ORA, TRENT si addormentò. Jory gli diede un bacio sulla fronte prima di uscire in punta di piedi dalla stanza. Si fermò davanti alla porta, voltandosi per guardarlo un'ultima volta. Mentre dormiva, aveva un'espressione accigliata. Le rughe intorno ai suoi occhi sembravano più profonde e aveva anche un po' di occhiaie. Jory si rimproverò per tutte le cose cattive che aveva pensato quando era saltata alla conclusione che lui avesse deciso di non rispondere più alle sue lettere.

Non poteva rispondere a una lettera che non ha ricevuto. La rabbia ribolliva dentro di lei. *Ma Nan come ha osato non spedirla? Chi è lei per decidere cosa fare della mia vita? Adesso, devo affrontare tutto questo, mentre avrebbe potuto finire molto prima.* Lei aggrottò la fronte. Avrebbe dovuto ancora affrontare il giorno in cui Trent avrebbe scoperto la verità.

Mentre lo guardava, si rese conto di avere una seconda possibilità, di avere il tempo di rivalutare le sue parole. Inoltre, con Trent ferito, tutto andava a monte. Avrebbe dovuto mettere da parte il suo piano e ricominciare daccapo. Adesso non aveva alcuna intenzione di abbandonarlo. Aveva bisogno di lei. Anche se lei non era Amber, lui non l'avrebbe saputo fino a quando, e solo se, avesse riguadagnato la vista. Se mai l'avrebbe fatto.

Un'ondata di sollievo attraverso il suo corpo mentre percorreva il corridoio. Avrebbe avuto un'altra possibilità con Trent e avrebbe potuto vederlo in carne e ossa ogni giorno. I suoi passi si fecero più leggeri e un sorriso le illuminò il volto.

Sospirò. Nan era stata fortunata. Se le cose fossero andate diversamente, Jory avrebbe potuto trasferirsi. Tuttavia, doveva fare una bella ramanzina a sua zia. Non avrebbe più dovuto impicciarsi nella sua vita amorosa. Avrebbe deciso cosa fare senza interferenze da parte di nessuno.

Quando Nan si ripresentò, Jory era su di giri e pronta a combattere. Cercò di trattenersi durante il tragitto verso casa, ma Nan continuava a farle domande.

"Allora? Com'è andata? Cosa ti ha detto? Gli hai detto la verità?"

"Tu cosa pensi?"

"Penso che tu ti sia fatta furba e che non gli abbia detto niente."

"Ed è un bene?"

"Sì che lo è, perché si innamorerà di te e allora non gli importerà se hai il seno come quello di Amber o no."

Jory si sentì arrossire sulle guance. "Non sono affari tuoi, Nan. Prima di tutto, chi ti ha dato l'autorizzazione a non spedire quella lettera?"

"Qualcuno doveva proteggerti da te stessa."

"Hai fatto un grosso errore. È stata la cosa sbagliata da fare."

"Io non credo."

"Devi stare fuori dalla mia vita."

"Cosa posso farci se mi preoccupo per te? Se vedo che un autobus sta per investirti, non posso non fermarti."

"Bene, se un autobus stesse per investirmi, avresti il permesso di salvarmi. Ma questa è la mia vita, la mia vita amorosa, la mia relazione, e tu non hai alcun diritto di interferire." Jory alzò la voce mentre parlava.

"So di non averlo, ma non posso farci niente. Alcune volte la verità può rovinare le cose, tesoro, e questa era una di quelle volte. Avevo intenzione di tenere quella lettera solo per una settimana. Ho immaginato che avresti cambiato idea e te ne saresti pentita. Poi te l'avrei detto, l'avrei tirata fuori dalla tasca e tu ti saresti inchinata per la gratitudine."

"Che cosa è successo?"

"Poi c'è stata l'esplosione e Dan mi ha chiamata."

"Quindi l'hai saputo per tutto questo tempo e non mi hai detto niente?"

"Solo da due settimane, beh, forse tre. All'inizio, non sapevano se ce l'avrebbe fatta. C'è voluto un po' di tempo per capire la gravità delle sue ferite e quanto tempo gli ci sarebbe voluto a riprendersi."

"Non hai pensato che avessi il diritto di saperlo?"

"Tesoro, se era messo così male, ho pensato che sarebbe stato meglio che tu pensassi che volesse allontanarsi da te invece di avere a che fare con un ragazzo in quelle condizioni."

"E non hai pensato che fosse una mia scelta?"

"Ti conosco, fedele come un cane. Non l'avresti mai abbandonato, nemmeno se fosse stata la cosa giusta da fare."

"Su questo hai ragione," sussurrò Jory.

"Visto? Te l'ho detto, ti conosco. Mi stavo solo prendendo cura di te."

"E che cosa ti ha fatto cambiare idea?"

"Le sue condizioni sono migliorate. Poi, mi sono resa conto che la sua perdita della vista fosse un dono di Dio. O forse di tua madre in paradiso. Tu avresti potuto stare con lui e lui non avrebbe mai saputo niente."

"E che cosa succederà quando gli faranno il trapianto?"

"Sarà così follemente innamorato di te che non gli importerà niente." sorrise Nan.

"Tu vivi nel mondo dei sogni."

"Jory, tesoro, sto solo facendo ciò che penso che tua madre avrebbe voluto. Lei era mia sorella, lo so bene."

"Per favore, smettila, Nan. Smettila di impicciarti. Fammi respirare e fammi vivere la mia vita. Non succede niente se ogni tanto sbaglio."

"Davvero? L'hai già fatto con Archie." Nan fece una smorfia. "Quel ragazzo è uno stronzo."

Jory scoppiò a ridere. Sapeva che sua zia aveva ragione, ma avere qualcuno che tirava i fili della sua vita le faceva ribollire il sangue nelle vene. Era stata da sola per più di quindici anni, da quando i suoi genitori erano morti. Non aveva bisogno di una balia. "Sono d'accordo, ma adesso basta, va bene? Per favore, lascia che Trent e io risolviamo questa situazione da soli."

"Ok, ok. Almeno è tornato tutto intero, più o meno. Potrai cominciare da qui."

"Lo farò." Jory diede una pacca sulla spalla a Nan. "Grazie di esserti preoccupata per me, anche se hai sbagliato."

"È quello che fanno le zie. Inoltre, grazie a me, hai una seconda possibilità."

Nan entrò nel vialetto e parcheggiò l'auto. Mentre entravano in casa, furono quasi travolte da Amber, che stava scendendo le scale di corsa.

"Dove stai andando?" le chiese Nan.

"Non posso parlare adesso. Sono in ritardo per un appuntamento con Troy. Stiamo andando a un concerto. Ci vediamo dopo!"

Il suono di un clacson segnalò il suo arrivo. Corse lungo il vialetto e si sedette sul sedile anteriore. Dopo un rapido bacio, i due si allontanarono.

"Di lei non devo preoccuparmi. Non si fa spezzare il cuore facilmente, sempre che ne abbia uno," disse Nan.

Capitolo Quattro

"Quando tornerai in ospedale?" le chiese Nan mentre versava il caffè.

"Dopo il lavoro. Probabilmente starà dormendo, ma farò comunque il sacrificio."

"Oh? È un sacrificio? Pensavo che ti piacesse leggere per lui."

"Infatti è così." Jory aggiunse dello zucchero.

"E allora qual è il problema?" Nan portò la sua tazza a tavola.

"Non voglio affezionarmi ulteriormente."

Sua zia si mise a ridacchiare. "Faresti meglio a trasferirti in Alaska, tesoro. Sei già nei guai fino al collo."

"Hai mai letto *La valle dell'Eden*?" le domandò Jory, ignorando il suo commento.

"L'ultima volta che ho guardato era sul secondo scaffale del salone. Hai letto gli altri libri di Steinbeck?"

"Quelli che abbiamo? Sì, questo è l'ultimo. Pensavo di cominciare a leggere quelli di Sinclair Lewis dopo."

Nan scosse la testa. "Vuoi farlo diventare una copia di te stessa."

"A lui piace. Mi ha detto che i suoi genitori non leggevano molto. Era più interessato allo sport che ai libri."

"E adesso?"

"Ovviamente, fare sport per lui è impossibile. Almeno per adesso."

"Qualche novità sulla sua gamba?"

"Nessuno fa previsioni."

"E gli occhi?" Nan bevve un sorso del suo caffè.

Jory scosse la testa. "Queste cose richiedono tempo e pazienza."

"Sei sicura di volergli restare vicino?"

"Non ho intenzione di andare da nessuna parte."

Nan si alzò dalla sedia, diede una pacca sul braccio a suo nipote e disse: "Brava, tua madre sarebbe orgogliosa di te."

Jory si fermò nel tragitto verso il salotto. "Ehi, non lo faccio per carità."

"Veramente?"

"Già."

"E allora di che si tratta?"

Jory sollevò le spalle. "Deve essere quell'amore imprevedibile di cui mi hai parlato."

Nan ridacchiò mentre si dirigeva verso la sua auto.

Jory si mise il libro sotto il braccio e chiuse la porta. Abbassò il finestrino per respirare la fresca aria del mattino. Il sole splendeva nel cielo e lei si mise a canticchiare una delle sue canzoni d'amore preferite mentre l'auto procedeva lentamente lungo una stradina tortuosa fino al giornale. Le rose che adornavano il recinto bianco che delimitava la proprietà dei Dailey erano in fiore. Jory ammirò i brillanti boccioli rosa che estendevano i loro petali verso il sole.

Laura fece un cenno di saluto dalla cucina. Jory sollevò la mano per salutare Maude Finch, la bibliotecaria del luogo, e qualche altro concittadino che conosceva e le piaceva. L'aria fresca e la temperatura tiepida le risollevarono il morale. Era impossibile essere tristi o depressi in una giornata come quella. Gli uccellini cantavano e il cuore di Joy si riempì di gioia. Si era innamorata della campagna e di un marine ferito.

Dopo il lavoro, salì nella sua Toyota del 2010 e guidò verso l'ospedale. Mentre percorreva quella strada di campagna, pensò agli argomenti di cui discutere con Trent.

Spense il motore, ma continuò a canticchiare "Can't Smile Without You" mentre percorreva il corridoio, facendo qualche cenno a dei volti familiari, che ricambiarono con un sorriso. Erano passati solo dieci giorni, ma ormai conosceva tutti lì dentro.

Le infermiere e i volontari indaffarati erano sollevati che ci fosse lei a occuparsi di intrattenere il sergente scelto Trent Stevens. Una delle infermiere confidò a Jory che lei era l'unica persona che andasse a fargli visita. Quella notizia le strinse il cuore. Marie, la sua infermiera preferita, la fermò prima che voltasse l'angolo vicino al distributore dell'acqua.

"Ti consiglio di aspettare," le disse Marie, voltandosi per guardare dentro una stanza vuota.

"Come? Perché?"

"Beh, c'è qualcuno lì dentro, qualcuno dell'esercito."

"Oh, intendi dire un suo superiore? Qualcuno che gli sta rivelando delle informazioni confidenziali?"

"Ehm, no, ne dubito. Ma non importa, se fossi in te aspetterei." Marie distolse di nuovo lo sguardo dalla ragazza.

Prima che Jory potesse farle altre domande, un dottore fece un cenno a Marie, che si allontanò di corsa per raggiungerlo. Non avendo paura di molte cose al mondo ed essendo estremamente curiosa, Jory si avvicinò lentamente alla stanza di Trent e si fermò a pochi centimetri dalla porta. Sentì delle voci.

"Sono felice di vedere che tu stia bene," disse una donna.

"Cerco di resistere."

"Per quanto riguarda noi..."

"Ehi, lascia perdere. Non c'è nessun *noi*, ricordi?"

"So come stanno le cose, ma non volevo che pensassi che non mi importasse."

"Grazie per essere passata. Non mi devi niente, Sheila."

"Già, doveva restare tutto in Afghanistan."

"È così che abbiamo detto e non è cambiato niente."

"Se per te non è un problema..."

"Ovviamente non lo è. Tu sei una donna stupenda e ti auguro di trovare l'uomo giusto."

"Grazie."

"O almeno qualcuno che sia tutto intero."

"È un buon inizio."

Trent e la donna scoppiarono a ridere insieme, poi vi fu un breve attimo di silenzio.

"Adesso devo andare."

"Stai ripartendo?"

"Stasera."

Dopo un altro breve silenzio, vi fu un leggero rumore, che secondo Jory poteva essere un bacio. La rabbia la fece arrossire. Non era il tipo che origliava, ma aveva bisogno di sapere. Quando alzò lo sguardo, una donna alta, in divisa militare, sì fermò bruscamente. Jory le stava bloccando la strada.

"Tu devi essere la ragazza che legge per lui. Sei una volontaria?" le chiese Sheila.

La rabbia le si accumulò nel petto. "Non sono una volontaria. E nemmeno una ragazza. Una donna e un'amica."

"Oh, scusa, capisco. Grazie di prenderti cura di lui."

"Non ringraziarmi, non lo sto facendo per te," le rispose, irrigidendosi.

"Ehi, rilassati. Non sono una tua rivale, ma un paio d'occhi potrebbero esserlo." Sheila passò accanto a Jory e iniziò a incamminarsi lungo il corridoio.

"Che diavolo vuoi dire?" urlò Jory.

La donna si fermò. "Voglio dire che, quando potrà vedere di nuovo, si renderà conto di poter avere di meglio."

"Stronza," borbottò Jory tra sé.

Dimenticandosi completamente della sua condizione, si precipitò nella sua stanza. Dopo aver lanciato il libro sulla sedia, strinse i pugni e si rimise sui fianchi. "Chi cavolo era quella?"

"JORY?" TRENT SI SOLLEVÒ sui gomiti, ma cadde giù dolorante.

"Mi dispiace, mi dispiace. Non sollevarti, Trent."

"Potresti sollevarmi il letto, per favore?"

Jory premette il pulsante che faceva sollevare la testiera per aiutarlo a sedersi.

"Ora va meglio. Perché sei così arrabbiata?"

"Chi era quella donna?"

"Sheila? Un'amica."

"Un'amica di letto?"

Lei lo vide arrossire sulle guance, mentre giocherellava con l'orlo del lenzuolo.

"Non rispondi?"

"Ascoltami, Jory, è successo molto prima di conoscere te."

"Davvero? A me non sembra che sia passato molto tempo."

"Sinceramente, abbiamo avuto una... una... storia. C'era anche lei in Afghanistan. Non c'era niente da fare e abbiamo iniziato a parlare. Sai come vanno queste cose.", disse lui, ancora rosso in volto.

"No, veramente non so come vanno queste cose."

"Non mi hai detto di aver appena rotto con il tuo ragazzo?"

"Sì, ma —"

"Beh, tu andavi a letto con qualcuno, probabilmente mentre scrivevi a me!" Lui si sollevò un po', pallido in viso.

"Non andavo a letto con lui."

"Sì, certo."

"È vero!"

"Non sono nato ieri. Se non vai a letto con qualcuno, dici che ci esci insieme, ma se dici che è il tuo ragazzo vuol dire che ci vai a letto."

"Oh, e da quando hai stabilito questa regola?"

"Lo sanno tutti."

"Ok, allora uscivamo insieme."

"Non riesco a credere che un ragazzo che frequenta una ragazza come te *non* ci provi. Anche più di una volta."

"Hai ragione, ci ha provato. Solo che io rifiutavo ogni volta ed è per questo che ci siamo lasciati."

"E come mai rifiutavi?"

"Perché per me è sempre stato solo un amico."

La voce di Trent si addolcì. Le prese la mano e lei intrecciò le dita con le sue.

"E rifiuteresti anche me?" le chiese, quasi sussurrando.

Adesso fu lei ad arrossire. "Non chiedermelo. E comunque tu non potresti, quindi a che serve?"

"Voglio saperlo. Non starò per sempre in ospedale."

"Per favore, non chiedermelo."

"Ok, va bene, ho capito. Scusami. Non volevo metterti in questa posizione. Nemmeno io vorrei andare a letto con un tipo cieco e storpio." Lui ritirò la mano.

"Non è quello che ho detto!"

"Certo, è naturale. Lo capisco da solo. Non ho voglia di leggere oggi. Puoi andartene." Lui si voltò dandole le spalle.

Si sentiva carica di frustrazione. Come avrebbe potuto dirgli che sarebbe stato lui a non voler andare a letto con lei quando avrebbe scoperto che non era la ragazza della foto? "Magari potresti essere tu a non voler venire a letto con me."

"Dopo aver visto quella foto? Credo che non possa esserci nessun uomo sulla terra che non voglia venire a letto con te."

Lei si mordicchiò il labbro inferiore. Le cose non stavano andando come avrebbe voluto. "A me piacerebbe molto andare a letto con un tipo cieco e storpio che ha dato tutto sé stesso per il suo paese," sussurrò lei.

"Ne sei convinta?" le chiese, voltandosi verso di lei.

Lei annuì.

"Stai annuendo o stai scuotendo la testa?"

"Scusami, sto annuendo."

Un sorriso sensuale gli illuminò il volto. "Beh, allora che cosa stiamo aspettando?"

"Un'altra visita in sala operatoria, sergente," disse Marie, entrando nella stanza con l'occorrente per misurargli le funzioni vitali.

"Veramente? Di nuovo?"

"Sì, domani mattina. Jory, potresti uscire, per favore?"

"Certo, certo. Ci vediamo domani. Cominceremo a leggere *La valle dell'Eden* non appena potrai."

"Potrebbe essere un po' stanco domani. Vieni pure a fargli visita, ma tieni il libro per un altro giorno."

Jory annuì. Strinse la mano di Trent e si diresse verso la sua auto.

Mentre tornava a casa, prese una decisione. Durante la cena, la comunicò a sua sorella e a sua zia.

"Ho deciso di non dire ancora a Trent la verità."

Entrambe le donne alzarono lo sguardo.

"Davvero?" disse Nan.

"Sì, non finché non starà meglio. Gli dirò tutto quando, o meglio se, riacquisterà la vista. Poi lo lascerò stare, ma adesso ha bisogno di me e devo stargli accanto. Voglio stargli accanto. Quindi, al momento non gli confesserò niente. Quel povero ragazzo ha già abbastanza problemi da affrontare."

Amber annuì. "Lo trovo molto sensato."

"Anch'io. Il tuo segreto è al sicuro con noi. Giusto, Amber?"

"Certo, ho le labbra sigillate."

Jory sospirò. La sua famiglia non era molto numerosa, ma era decisamente la migliore.

JORY RITORNÒ IN OSPEDALE il giorno dopo alle sei. La porta della camera di Trent era chiusa. La aprì lentamente. Lui stava dormendo. Il suo bel viso era pallido e gli avevano cambiato il gesso alla gamba. Lui si rigirò per un attimo, facendola immobilizzare per il timore di averlo disturbato. Lui si fermò all'improvviso, giacendo immobile come un cadavere.

La giornalista si avvicinò dolcemente al suo capezzale e gli toccò il viso. La sua pelle era fredda, così tirò su la coperta, coprendolo fino alle spalle. Poi si chinò e gli diede un bacio sulla guancia ruvida. Il suo respiro era regolare.

"Il mio povero tesoro," sussurrò tra sé. Jory gli passò dolcemente la mano tra i capelli e gli diede un bacio sulla fronte.

Lui si voltò. "Jory?" le chiese, con voce roca.

"Sono qui. Mi dispiace, non volevo svegliarti."

Lui la cercò con la mano. Lei si avvicinò al suo letto e gli sfiorò la mano. Lui strinse le dita intorno alle sue.

"Quando uscirò da qui, quando starò bene, realizzerò il tuo sogno," sussurrò lui.

Lei gli si avvicinò per sentire meglio. "Quale sogno?"

"Il recinto bianco."

Lei sorrise. "Oh, quel sogno!"

"Ti darò tutto ciò che ti è mancato." Le prese la mano e se la portò alle labbra.

Lei gli toccò il viso. "Non preoccuparti, sto bene."

"Ti amerò e mi prenderò cura di te, lo vedrai."

Con la stessa rapidità con cui si era svegliato, si riaddormentò.

Lei rimase seduta. Il suo respiro regolare le fece capire che stava dormendo. Tolse dolcemente la mano dalla sua e si alzò dal letto. Gli diede un bacio e raggiunse in punta di piedi la porta. Mentre andava via, Marie voltò l'angolo e quasi si scontrò con lei.

"Come sta?" le chiese Jory, con un fazzolettino in mano.

"Sta bene, si riprenderà. L'intervento è andato bene."

"Bene, ne sono felice."

Mentre tornava a casa, le sue parole le tornarono in mente. In preda all'emozione, dovette accostare diverse volte per asciugarsi gli occhi. Avere un uomo che si prendesse cura di lei era così fuori dalla sua portata che aveva smesso di sperarci. Sarebbe riuscita ad avere tutto questo un giorno? Trent poteva essere quello giusto? Scosse la testa. Lui aveva già molti ostacoli da superare senza di lei.

"Prima di tutto, Jory, lui dovrà ricominciare a camminare e dovrà riacquistare la vista," si disse a voce alta.

Trascorse una serata tranquilla con la sua famiglia, mangiando popcorn e guardando un film. Le sembrava strano stare lontana da Trent, a sorseggiare dell'acqua per non farsi seccare la gola mentre leggeva per lui che, disteso su un fianco, si spostava sulla schiena, cercando di mettersi comodo e di continuare ad ascoltarla.

Oltre a leggere, parlavano anche un po'. Lui le chiedeva del suo lavoro e parlavano di uccelli. Jory aveva rimesso tutte le mangiatoie fuori dalla finestra. Gli raccontava degli uccellini, spiegandogli quali specie fossero più aggressive e quali avessero imparato a condividere il cibo. Lui rideva e le dava dei consigli. Averlo nella sua vita la fece ricominciare a sorridere e a essere allegra.

Due giorni dopo l'intervento, lui era pronto per ricevere visite. Lei entrò mentre lui stava scartando un pacchetto.

"Un regalo di Dan," le disse, aprendo una scatola che conteneva un rasoio elettrico.

"Un rasoio? A che ti serve?"

"Sono un militare e sono abituato a essere perfettamente rasato. Non radermi potrebbe essere alla moda, ma a me non piace", disse strofinandosi la mascella.

A Jory piaceva la barbetta scura che gli adornava le guance, ma tenne quel pensiero per sé.

"Non riesco a farlo da solo."

"Vuoi che lo faccia io?"

"Ti dispiacerebbe?" La sua voce era dolce e persuasiva.

Lei prese il rasoio dalle sue mani. "Non so proprio come usarlo."

"Non ti depili le gambe?"

Lei rimase in silenzio per l'imbarazzo.

"Non devi rispondermi, ma immagino che tu lo faccia."

"Non uso niente di simile."

"È facile, ti dirò io cosa fare."

"Ok, se ti fidi di me."

Lui scoppiò a ridere. "Ho un'altra scelta?"

"Dovrai spostarti un po'," disse lei, avvicinandosi al letto.

Trent sbuffò per il dolore mentre si spostava verso sinistra. Quando si fermò, fece una smorfia serrando la mascella. Una lacrima gli rigò il viso, ma lui la asciugò.

"Forse dovrei avvicinarmi un po' di più a te," gli disse.

Lui annuì.

Lei appoggiò le mani sul materasso, sedendosi dolcemente finché il suo fianco sfiorò quello di lui. "Ti faccio male così?"

"No."

Lei aprì la scatola, srotolò il filo e ci mise qualche minuto per preparare tutto. Nel frattempo, lui le spiegò cosa fare, mimandolo con le mani.

"Di solito uso una normale lametta e la schiuma da barba. Non uso uno di questi da quando ero ragazzino. Mio padre me ne aveva regalato uno elettrico. Quindi, in un certo senso, è una novità anche per me."

Lei accese il rasoio. "Adesso devi stare immobile e non devi parlare."

"E come faccio a dirti cosa fare?"

"Muovendo le mani." Il rasoio iniziò a vibrare leggermente. Trent rimase fermo, con la testa appoggiata al cuscino. Lei si soffermò per un attimo a guardare il suo bel viso. Mascella robusta, labbra perfette e sopracciglia scure come i capelli. Il suo naso era perfetto, non troppo lungo e non femminile. Lei gli passò la mano sulla guancia. Lui sospirò per il piacere, facendole allontanare la mano come se la sua pelle stesse prendendo fuoco.

"Andiamo, non fare la timida adesso."

"Non parlare!" esclamò lei, con i muscoli delle spalle tesi. Sospirò profondamente cercando di fermare le sue dita leggermente tremanti.

Jory gli appoggiò il rasoio sulla mascella e iniziò a muoverlo lungo la sua guancia, stendendo leggermente la pelle con le dita per raderlo meglio.

Lui sollevò il pollice della mano destra, mentre con la mano sinistra si reggeva alla ringhiera del letto. Jory sorrise. Il rasoio si fece strada tra la barbetta incolta che gli cresceva sul mento. Lui sporse le labbra per facilitarle i movimenti. Lei lo seguiva con le dita, per accertarsi di aver tolto tutti i peli. La sua pelle liscia e calda le fece provare un brivido lungo la schiena. Lui emanava un gradevole profumo di sapone.

Muovendo il rasoio lungo i lineamenti del suo viso, non riusciva a ignorare le sensazioni del suo corpo. Il sangue cominciò a ribollirle nelle vene, mentre muoveva lentamente il rasoio su ogni centimetro del suo viso. Il suo respiro la accarezzava. Toccarlo in modo così intimo suscitò in lei un forte desiderio. Passò la mano sulle parti già rasate, riuscendo a malapena a controllare il suo desiderio di seguirla con le labbra e con la lingua.

Il suo respiro calmo accelerò leggermente mentre lei continuava, facendolo arrossire in viso e dandogli un colorito sano. Tenne alla fine la parte più difficile, i baffi. Lui abbassò leggermente il labbro superiore mentre lei lo rasava. Quando ebbe finito, fece un sospiro di sollievo, poi gli accarezzò la guancia.

"Mi stavo solo accertando di aver fatto un buon lavoro," disse lei, quasi senza fiato.

Lui le prese la mano e se la portò alle labbra, a pochi centimetri dalle sue. Il rossore delle sue guance iniziò a svanire. "Adesso, mettimi un po' di dopobarba, così potrò lamentarmi del bruciore."

Lei rimase accanto a lui. "Va bene così?"

"C'è solo un modo per dire se mi hai rasato bene," sussurrò lui.

"E quale sarebbe?" gli chiese, riponendo il rasoio sul comodino.

"Questo." Le mise le dita intorno al collo e la strinse a sé, sfiorandola col pollice e cercando la sua bocca. Prima gliele sfiorò con il dito, poi appoggiò le labbra sulle sue. Il battito di Jory accelerò sentendo il suo sapore. Lui aumentò la pressione, lei aprì la bocca, e la sua lingua iniziò a esplorarla lentamente.

I suoi lunghi capelli castani erano tirati su e raccolti con un fermaglio. Senza staccare mai le labbra dalle sue, le mise una mano tra i capelli, trovò il fermaglio e glielo tolse. I suoi morbidi capelli le caddero sulle spalle e lui iniziò ad accarezzarli. Lei gli mise una mano sul viso.

Lui le passò il dito sull'orecchio, poi sul collo, poi sul petto, dove il suo cuore batteva all'impazzata, come un tamburo dei nativi americani. Preoccupandosi che lui potesse accorgersi della sua reazione, lei si divincolò e indietreggiò, ma baciarlo era troppo dolce e avrebbe voluto continuare.

Così, lui la lasciò andare e, respirando affannosamente, sussurrò, "Lascia che ti tocchi."

La sua mente urlava *no*, ma il suo desiderio urlava *sì*. Rimase in silenzio.

"Ci conosciamo da diversi mesi. Se fossimo usciti insieme, invece di mandarci delle lettere, avremmo già fatto l'amore da tanto tempo," disse lui, sfiorandole le labbra con le sue.

Il suo ragionamento non faceva una piega.

"Per favore, lascia che ti tocchi."

"Ok."

Sentì la sua mano calda scivolarle sul collo, per poi fermarsi sui bottoni della sua camicetta. Lei si sbottonò i primi tre. Lui le sorrise. "Grazie." Le sfiorò la spalla con la mano, poi le passò il pollice lungo il collo e lasciò scivolare la mano sul suo seno.

Lui inspirò mentre le stringeva le dita intorno al reggiseno. Mettendole un braccio dietro la schiena, glielo sganciò e le sfiorò la pelle. Stavolta fu lei ad avere un sussulto.

Il suo respiro diventava più affannoso mentre il calore le scorreva nelle vene.

"Sei bellissima."

"Come fai a saperlo?"

"Posso sentirlo. "

Iniziò a stuzzicarle il capezzolo col pollice, giocherellandoci finché non si indurì. Poi, lo strinse tra due dita. Le bende gli impedivano di abbassare la testa per baciarglielo. Lui imprecò, poi continuò a stringerlo.

Un forte colpo di tosse li fece sobbalzare. Jory si abbottonò immediatamente la camicetta. Trent tossì.

"Scusate se vi interrompo, ragazzi, ma l'orario di visite è finito."

Jory annuì. "Va bene."

Trent piegò la gamba sana per nascondere la sua reazione. "Mi stava solo facendo la barba."

"Certo," rispose Marie.

"Guarda, toccami un po' il viso," le disse.

Marie si chinò per guardare. "Mmm, ottimo lavoro."

"Era la sua prima volta.", disse lui, strofinandosi il mento.

"Il rasoio è sul comodino," disse Jory.

"Non male per una principiante. E in questo modo non dovrò farlo io. Inoltre, non sarebbe stato altrettanto divertente, vero, sergente?" domandò Marie.

Trent arrossì e Jory scoppiò a ridere. Lei indossò la sua giacca di jeans e si avvicinò al letto.

"Buonanotte, Trent. Marie."

"Tornerai domani?"

"Certo."

"Buonanotte, a domani, allora," disse l'infermiera mentre raggiungeva la porta.

"Quella ragazza è stupenda. Fa molto per te ed è sempre allegra," disse Jory.

Mentre Trent cercava di tornare nella sua posizione precedente, uno spasmo di dolore gli attraversò il volto. Jory gli mise una mano sulla guancia, gli sfiorò le labbra con le sue e poi se ne andò.

Quando arrivò a casa, trovò la cena pronta ad aspettarla. Si versò un bicchiere d'acqua e mise il piatto nel microonde. Quando si sedette a mangiare le polpette, Nan entrò in cucina.

"Ti sei divertita?"

"Divertita? Non vado lì per divertirmi."

"Davvero?"

Lei guardò sua zia con un'espressione confusa.

"Allora come mai hai il reggiseno sganciato, tesoro?" Nan scoppò a ridere mentre usciva dalla stanza.

Capitolo Cinque

"Non posso restare molto," disse lei, entrando nella stanza. "Ma almeno possiamo cominciare a leggere il prossimo capitolo."

"Wow, una sveltina?" disse lui, aggrottando la fronte.

"Calmati, Casanova, no. Ho un colloquio."

"Stasera?"

"Sì, devo incontrare un editore per un drink."

"Tutto qui?"

"Sei geloso?"

"Puoi dirlo forte."

"Non esserlo. Sta cercando un nuovo caporedattore."

"Capisco. Dov'è il lavoro? Lontano da qui?"

"Non troppo. Cominciamo."

Alla fine del capitolo, salutò Trent con un bacio e si diresse verso la macchina. Era delusa quanto il suo marine di non potersi trattenere più a lungo. Avrebbe voluto continuare da dove avevano interrotto, ma non era stato possibile.

Per quanto fosse felice, Jory si rese conto di aver bisogno di un piano di fuga. Trent avrebbe potuto ricevere un trapianto di cornea in qualunque momento e lei avrebbe dovuto lasciare la città. Trasferirsi, cercare un nuovo lavoro e scomparire. Si era resa conto di non potergli dire la verità, perché non sarebbe riuscita a sopportare l'espressione delusa sul suo volto. Era arrivata fino in fondo e adesso stava cercando un modo di fuggire. Non le importava. Era troppo doloroso prendere in considerazione di dirgli la verità.

Aveva bisogno di quell'opportunità. Era l'unica soluzione. Aveva già deciso che avrebbe affittato una stanza a Oak Bend invece di un appartamento. Così facendo, avrebbe avuto del denaro da mandare a casa a Nan e a sua sorella. Amber non aveva le qualifiche per un lavoro migliore e non aveva alcuna speranza di trovarne un altro lì. Avevano bisogno del contributo economico di Jory.

Lei aveva già pianificato tutto. Avrebbe accettato l'offerta, si sarebbe trasferita a Oak Bend e avrebbe ricominciato daccapo. Forse, avrebbe spezzato il cuore di Trent, forse anche il suo. Ma la vita va così e lei era pronta ad affrontare le conseguenze della sua stupidità. Per quanto riguarda Trent, cavolo, lui l'avrebbe dimenticata. Dopotutto, lei non era la ragazza più bella del mondo.

Incontrò Jim Sparks da Rusty, una sala cocktail in centro. Aveva circa cinquant'anni, i capelli sale e pepe e una decina di chili di troppo. Lui le fece un ampio sorriso, che sottolineò le rughe intorno ai suoi occhi gentili.

Jory ordinò un ginger ale, perché dopo avrebbe dovuto guidare. Jim prese un Manhattan.

"Mac Caldwell mi ha parlato molto bene di lei. Ho dato un'occhiata al suo portfolio. Non c'è ancora niente che valga un Pulitzer, ma scrive degli ottimi articoli sugli eventi che accadono a Pine Grove e lo fa con stile e con ardore. Non c'è niente di peggio di un redattore che odia la sua città."

Lei annuì. Proseguendo la conversazione, lei si rilassò. Chiacchierarono per un'ora. Poi, lui pagò il conto e si alzarono per andarsene.

"Ho un altro candidato da intervistare, ma direi che lei ha ottime possibilità. Non venda ancora la sua casa e non compri un appartamento, ma può iniziare a pensare di trasferirsi a Oak Bend."

"Ci sto già pensando, voglio dire, ci ho pensato. È una splendida città. Molto più grande e vivace di Pine Grove. Probabilmente, ci sarà molto da scrivere lì."

"Lo pensiamo anche noi. Grazie per essere venuta. La chiamerò tra un paio di settimane. Non c'è nessuna fretta. Il nostro attuale caporedattore andrà via solo alla fine del mese."

"Grazie, signor Sparks. È stato un piacere conoscerla."

Mise l'auto in moto e si diresse verso la Route 55. Un sorriso le illuminò il volto. Ascoltando la musica mentre guidava, sentì la canzone di Julian Lennon "Too Late for Goodbyes".

Per un attimo, un'immagine della sua vita con Trent le balenò in mente. Una casetta, un cane, il bird watching, le letture insieme e le notti bollenti tra le lenzuola le scorrevano in mente come un video musicale. Era troppo tardi per dirgli addio? Era molto coinvolta e completamente innamorata.

Non avrebbe mai potuto sopportare il suo rifiuto quando l'avrebbe vista. Dirgli la verità era la cosa giusta da fare, ma non ne aveva il coraggio. Quell'enorme dilemma la fece sospirare. Se e quando lui avrebbe riacquistato la vista, lei sarebbe andata via dalla città, senza lasciare nessun indirizzo, e quella sarebbe stata la fine di tutto. Si rifiutò di continuare a pensare. Dopotutto, finché non avrebbe subito il trapianto, avrebbero potuto restare insieme.

Quando tornò a casa, accese il computer e cominciò a cercare un posto dove vivere a Oak Bend. Si costrinse a non pensare troppo a quella situazione, seguendo semplicemente il piano che aveva stabilito, così tutto sarebbe andato bene.

Quando spense la luce, ignorò la lotta che stava avvenendo tra la sua mente e il suo cuore. Alla fine, un sonno ristoratore la allontanò dalla realtà.

LA SERA SUCCESSIVA, Trent era più vivace del solito. Lei sentì un fresco profumo di sapone nell'aria. I suoi capelli corti erano ben pettinati, si era fatto rasare e indossava un nuovo camice.

"Ciao, Trent, sono io," disse Jory.

Lui cambiò posizione. "Chiudi la porta. Marie ha detto che possiamo." Jory girò il chiavistello e sollevò le sopracciglia mentre si accasciava su una sedia. "Davvero? Che cosa si aspetta che facciamo?"

"Questo." Lui le prese la mano e la strinse a sé per un bacio appassionato. "A meno che tu non voglia."

"Puoi farlo?" Lei arrossì alle sue stesse parole. "Voglio dire..."

"So cosa vuoi dire. Quella è l'unica parte sana di me.", disse sorridendo.

Lei fece una pausa.

Trent aggrottò la fronte. "Va bene, non siamo obbligati a farlo," disse, ritirando la mano.

Lei gli mise la mano sul braccio e lui rimase in silenzio. "Lo voglio. Voglio farlo, ma prima c'è una cosa che devo assolutamente dirti." Lei si mordicchiò il labbro. Poteva dirgli adesso di non essere Amber? Non era pronta per questo. Ma era giusto fare sesso con lui sapendo che lui credeva che fosse qualcun altra? Il cuore iniziò a batterle all'impazzata, in attesa della sua risposta.

"Dimmi, sei sposata?"

"No."

"Hai qualche malattia terribile?"

"No."

"Allora, qualsiasi altra cosa può aspettare. Le mie preghiere sono state esaudite. Ho aspettato troppo tempo."

"Preghiere?" Lei sollevò un sopracciglio.

"Vivo nell'oscurità da molto tempo. Tutto è un enorme vuoto. Ho bisogno di toccarti e di sentire il tuo corpo accanto al mio. Non sai quanto sia difficile. Ho bisogno di percepire la vita."

"Hai ragione, non ho idea di ciò che stai passando."

"È un inferno. Non mi piace lamentarmi e non avrei comunque nessuno con cui farlo. Le infermiere qui lavorano molto e io non voglio rendere più difficile il loro lavoro."

"Ti senti solo?"

"È troppo semplice definirlo così. È come vivere in un buco nero."

Gli occhi di Jory si riempirono di lacrime. Lei gli accarezzò la guancia. Trent voltò la testa per baciarle la mano.

"Sono qui," sussurrò lei con la voce tremante. Questo cambiava tutto. Avrebbe dovuto mantenere il suo segreto, perché lui aveva bisogno di lei, indipendentemente da chi fosse, e lei si rifiutava di deluderlo.

Lui allungò il braccio e lei gli prese la mano. Lasciando scivolare le dita sulla sua guancia, lui appoggiò le labbra sulle sue. Piegò la testa per approfondire il bacio. La passione prese il controllo della sua mente e del suo cuore, allontanando tutti gli altri pensieri.

Lei si allontanò per prima, per permettergli di toccarle il petto. Lui iniziò ad armeggiare con i bottoni della sua camicetta.

"Aiutami un po'."

"Stai andando bene. Ed è un buon esercizio."

"Esercizio? Intendi dire che lo rifaremo?" *Finché potremo.*

"Non voglio metterti fretta, ma..." disse lui, sollevandosi leggermente.

"Come possiamo farlo? Con le fasciature, il gesso e tutto il resto?"

"Attentamente, molto attentamente." Lui si abbassò il camice.

Jory ebbe un sussulto vedendogli il petto. Era molto muscoloso e i suoi pettorali, robusti e coperti da una leggera peluria scura, erano una tentazione per le sue dita.

"Wow. Sei davvero... in forma." Lei appoggiò una mano su di lui.

"Non è giusto. Tu puoi vedere me e io non posso vedere te."

"Sei... stupendo. In forma, in ottima forma." Lei annuì.

"Io ho la tua foto. Posso vederti nella mia mente, ma sei ancora vestita!"

Fu colta da un improvviso senso di colpa, ma lo mise da parte. "Non molto," disse lei, arrossendo sulle guance. "Usa la tua immaginazione."

Lui scoppiò a ridere. "Avvicinati.", disse facendo un cenno con la mano sul letto accanto a lui.

Lei si tolse la camicetta e le scarpe. Quando lui si spostò, si tolse la gonna, la piegò attentamente, la mise sulla sedia e salì sul letto.

"Che cosa indossi?"

"Mutandine e reggiseno."

"Tutto qui?"

"Sì sì."

Lui agitò il braccio davanti a lei. Lei gli prese il polso e guidò la sua mano fino al suo fianco. Lui le fece il solletico muovendo la mano verso l'alto. Con le sue braccia robuste, la strinse a sé. Lasciando scorrere la mano sulla sua schiena, le sganciò il reggiseno. Lei lo lasciò cadere. Lui le strinse le dita intorno al seno, facendola gemere.

"Sì," sussurrò lei.

"Hai una pelle morbidissima." Lui abbassò il viso per sentire il suo odore, ma non riuscì a farlo fino in fondo.

Jory si sollevò, permettendogli di baciarla e di accarezzarla. Lui sussurrò qualche complimento mentre esplorava il suo corpo. Lei si lasciò inebriare dal profumo del suo dopobarba, mescolato con il sapone e con l'odore della sua mascolinità.

Jory gli fece scivolare le mani lungo la schiena, affondando la punta delle dita sui suoi muscoli, evitando tagli e lividi nel tentativo di non farti male.

"Non so quali parti del corpo ti fanno male e quali no," gli sussurrò all'orecchio.

"Le mani, le labbra e il pene non mi fanno male."

Lei ridacchiò mentre avvicinava il seno alla sua bocca. Jory si spostò, sollevando leggermente le gambe sotto di lei e sedendosi sulle anche. Inarcò la schiena, perché il sergente scelto potesse raggiungerle più facilmente il petto.

Lui le afferrò i fianchi con le mani, sollevandola sulle sue gambe. Un sibilo di dolore gli sfuggì dalle labbra. "Fa' attenzione! Spostati in avanti e siediti sul mio stomaco."

Lei seguì i suoi ordini, allontanando i fianchi dalle sue cosce. Gli appoggiò le mani sui pettorali, appoggiandovisi per reggersi. Lui ribilanciò il suo peso, muovendo le mani fino a toccarle il sedere.

"Toglitele, per favore."

"Che cosa?"

"Le mutandine, voglio che tu te le tolga."

"Va bene, va bene. È un ordine?"

"Vuoi giocare a questo gioco?" Lui sollevò la testa.

Lei ridacchiò. "Stavo solo scherzando."

"Mmm, una donna che accetta ordini. Davvero ottimo."

Lei scoppiò a ridere. Trent si spostò verso il comodino.

"Che cosa vuoi fare?" gli chiese.

"Aprire il cassetto."

Lei lo aprì e tirò fuori la scatola che vi era dentro.

"Preservativi? Da dove vengono fuori?"

"Un buon amico che si è trovato nei miei panni."

"Chi?"

"Dan," le rispose, appoggiandosi la scatola sul petto.

Lei sollevò le sopracciglia, ma lui la fermò prima che iniziasse a parlare. Invece, lei abbassò la mano, trovando il suo pene in erezione.

Lui fece scivolare la mano sulla sua pancia piatta. "Le mutandine, toglitele, per favore."

Lei si alzò dal letto, se le tolse e le lanciò sulla sedia. "Adesso sono totalmente nuda."

Lui sorrise. "Stupendo. Torna qui. Lascia che ti tocchi."

Lei gli prese la mano destra con la sua, mentre lui usava la sinistra per mantenere stabile la sua posizione. Lei sorrise tra sé pensando che sembrava un po' come montare a cavallo. *Un bellissimo cavallo umano.*

"Sei così caldo," disse lei, rimettendogli le mani sul petto.

"È merito tuo."

"Bene."

"Tu non sei esattamente un iceberg.", ridacchiò lui.

Le si avvicinò per baciarla. Jory mise la bocca sulla sua mentre le sue dita le scorrevano dalla coscia fino al ginocchio, per poi risalire. Con il pollice, lui andò alla ricerca del punto giusto in mezzo alle sue cosce. Lei cercò di aprire un po' le gambe senza fargli cambiare posizione, senza cadere dal letto e senza allontanarsi dalle sue labbra. Non riuscendo a fare tutte e tre le cose, si fermò.

"Non possiamo fare tutto insieme."

"Hai ragione, lascia perdere i baci." Finalmente, il suo pollice trovò il punto giusto.

Jory chiuse gli occhi, abbassando all'indietro la testa mentre la accarezzava, facendosi strada dentro di lei.

"Sei bagnata."

"Davvero?"

Lui scoppiò a ridere. "Non pensavo che un tipo messo male come me potesse piacere a una ragazza carina come te."

"Non sottovalutarti," disse lei, respirando affannosamente.

Lui spostò di nuovo la mano e lasciò scivolare due dita dentro di lei, provocandole un sussulto.

"Non ti ha fatto male, vero? Non sei vergine, giusto?" Lui tolse rapidamente le dita.

Lei ridacchiò. "Non esattamente."

"Che cosa intendi dire? Voglio dire, una bella —"

"Ok, ok. Ho capito che mi trovi bella. No, non sei il mio primo amante. Non che io abbia dormito con tutti i ragazzi della città, ma ho avuto qualche relazione. Solo che è passato un po' di tempo"

"Pfff, ok, dove eravamo rimasti?" Lei guidò di nuovo la sua mano dentro di lei e lui ricominciò a esplorare.

"Non avresti fatto l'amore con me se fossi stata vergine?" Lei smise di muoversi.

"Preferisco non essere il primo, se possibile."

"Perché?"

"Troppo impegnativo."

"Pensi che una ragazza si possa aspettare il matrimonio?"

"Qualcosa del genere."

Jory rimase in silenzio.

"Ti piace?" le chiese, continuando ad accarezzarla.

"È stupendo, non fermarti."

Lui ridacchiò leggermente. "Adoro le ragazze che sanno quello che vogliono." Lui le stuzzicava il clitoride, facendo scivolare le dita dentro e fuori a un ritmo sempre più incalzante.

Lei iniziò ad ansimare. "Facciamolo." La passione la travolse, accumulandosi dentro di lei. Aveva bisogno di lui.

"Aspetta, prima tu," rispose lui.

"Perché?"

"Te lo dirò dopo. Vieni per me. Vieni per me, Jory," le sussurrò all'orecchio.

Lui abbassò la testa per succhiarle il capezzolo, mandandola in estasi. Lei gli mise le braccia intorno, spingendo con le dita sulle sue spalle, mentre un orgasmo le attraversava tutto il corpo. I suoi muscoli si contrassero e il suo corpo si irrigidì. Il piacere scorreva dentro di lei, fino alle sue dita, mentre lui continuava ad accarezzarla.

Quando l'orgasmo si placò, lei era troppo sensibile al tatto, così gli allontanò la mano.

"Sei venuta?"

"Non te ne sei accorto?"

"Non posso vedere, te lo ricordi?", disse lui con voce acuta.

"Mi dispiace. Voglio dire, pensavo che potessi sentirlo."

"Sì, wow. Bene, stupendo!"

"Adesso tocca a te. Come facciamo?"

"Ho bisogno di aiuto con questo." Lui prese in mano il preservativo.

Abbassò le coperte, scoprendo il suo pene, già in erezione. Lei lo guardò. Era piuttosto grande. Mentre lui si distendeva sulla schiena, lei lo aprì attentamente, poi glielo prese in mano.

"Che cosa stai aspettando?" Il suo tono di voce teso attirò la sua attenzione.

"Niente, niente. È piuttosto grande. Spero che ti entri."

Lui scoppiò a ridere. "Non preoccuparti, non ho mai avuto problemi."

"Se lo dici tu." Lei lo prese e fece scorrere lentamente il preservativo lungo la sua asta.

Lui gemeva al suo tocco. "Oh, Dio, sbrigati. Altrimenti verrò prima di entrare dentro di te."

"Ok, adesso sei pronto," disse lei, mettendo la bustina sul comodino. "E adesso?"

"E adesso dovrai cavalcarmi come Roy Rogers cavalcava Trigger."

"Vuoi dire come Dale Evens cavalcava il suo cavallo, qualunque fosse il suo nome."

Lui ridacchiò. "Scegli tu, tesoro."

Mise una gamba intorno a lui, mettendosi a cavalcioni sui suoi fianchi, ma cercando di stare lontana dal suo gesso. Lei lo colpì incidentalmente col piede e lui si irrigidì.

"Mi dispiace, mi dispiace molto. Forse non dovremmo..."

Muovendo la mano a tentoni sul suo viso, lui si soffermò sulla sua bocca. "Va tutto bene. Un po' di dolore ci farà rallentare un po', ma non è un male. Sei pronta?"

"Sì."

Si mise sotto di lei e si prese in mano il pene. Lei mise la mano sulla sua, guidandolo dentro di lei. Trent si strofinò alcune volte su e giù per lubrificare il preservativo, poi si fece strada. Quando lo sentì nel punto giusto, lei si abbassò.

"Santa madre di Dio!" esclamò lui.

"Che cosa? Qualcosa non va?"

"Assolutamente niente. Gesù, sei stretta."

"Troppo stretta?"

"Perfetta," sussurrò lui.

Le mise la mano sulla spalla e la spinse dolcemente, fino a sentirsi totalmente dentro di lei. Ansimavano all'unisono mentre lui la penetrava. Jory non riusciva a credere che lui fosse ancora carico di desiderio. Cominciò a muoversi.

"Non avere fretta, io andrò comunque troppo veloce."

Lei non rispose, ma rallentò i suoi movimenti. Su e giù, ruotò leggermente le anche, sorridendo ogni volta che lui emetteva un gemito. Poi, la passione divenne troppo forte. Lei aveva bisogno di venire e cominciò a muoversi sempre più rapidamente.

"Wow," disse lui, stringendole i fianchi.

"Più veloce, più veloce. Ne ho bisogno, lo voglio," ansimò lei.

Lui la assecondò e chiuse la bocca, iniziando ad arrossire sul petto e in viso. Il suo corpo si stava precipitando verso l'orgasmo mentre lo guardava.

"Oh, Dio," mormorò lei mettendo la testa all'indietro e reggendosi con le mani. Lui le prese il viso, avvicinando la bocca alla sua, per assaporarla con un bacio affamato. Per quanto gli fosse consentito, lui muoveva i fianchi.

Quando venne, ansimando nella sua bocca, le accarezzò la guancia con la mano. Dopo l'orgasmo, lei si abbassò per appoggiarsi sul suo petto.

"Va tutto bene? Ti sto facendo male?"

Lui scosse la testa. "È stupendo."

Lei rimase lì per un attimo, troppo felice per parlare, con il seno a contatto col suo petto. Lui iniziò ad accarezzarle la schiena con la mano destra. Il suo tocco caldo e delicato la calmava e la peluria sul suo petto le stuzzicava il naso, facendola sorridere.

L'infermiera Marie bussò alla porta. "Tra quindici minuti si spengono le luci."

"Ok," rispose Trent.

Jory si sedette e gli diede un rapido bacio prima di allontanarsi. Lui cercò la scatola dei fazzolettini, ne prese alcuni e si tolse il preservativo.

"Scusami se devo dartelo per buttarlo, ma —"

Lei gli mise un dito sulla bocca per fermare le sue parole. "Nessun problema." Scese dal letto, prese il mucchietto di fazzolettini e li buttò nel bagno. Non si vestiva così velocemente da anni, mettendo le mutandine in borsa e sistemandosi la gonna. Avrebbe avuto molto tempo per indossarle dentro la macchina.

Vide che Trent stava faticando per rimettersi il camice. "Dammi solo un minuto, ti aiuto io." Lasciando la camicetta sbottonata, si avvicinò al letto e lo aiutò a rivestirsi, poi tirò su il lenzuolo e la coperta. "Ecco, adesso sei di nuovo in ordine," gli disse, chiudendosi i bottoni.

"Mi piacerebbe aiutarti a rivestirti," disse lui. "Forse un giorno."

"Sì, forse." Lei aggrottò la fronte perché aveva appena mentito. Non ci sarebbe mai stato un *forse un giorno* per lei e Trent. Allontanò quel pensiero dalla mente e gli prese la mano, stringendogliela.

"Ti amo, Jory."

"Nemmeno mi conosci."

'Sì che ti conosco. Sei una ragazza buona e bellissima che ama leggere e dar da mangiare agli uccellini. Che altro ho bisogno di sapere?"

Sono anche una bugiarda, un'ipocrita e non sono nemmeno abbastanza carina.

"Tempo scaduto," disse l'infermiera Marie, aprendo la porta.

I due rimasero a una distanza rispettabile l'uno dall'altra con le dita intrecciate.

"Bene," mormorò Marie, guardando Jory e facendola arrossire.

"Grazie, Marie. Ti devo un favore," disse Trent.

Marie si mise a ridere. "La mia buona azione della giornata."

"È ora di andare. Buonanotte, Trent," disse Jory, cercando di tenere la voce bassa.

"Notte, piccola."

Sentirsi bene non le era mai sembrato così sbagliato. Jory camminò con passo leggero per raggiungere il parcheggio. Quando arrivò a casa, accolta dagli sguardi inquisitori di sua zia e sua sorella, si limitò a salire le scale verso la sua stanza restando in silenzio.

Si distese sul letto a fissare la luna, che apriva un piccolo varco nel cielo notturno. Ringraziò Dio per quella serata con Trent. Non si aspettava di averne un'altra e le andava bene così. Dubitava che un'altra serata potesse essere intensa come quella che aveva appena vissuto. Quando si addormentò, non sapeva ancora quanto avesse ragione.

Quando tornò in ospedale la sera dopo, rimase sconvolta quando vide il letto di Trent vuoto. Era stato appena rifatto, in attesa di un nuovo occupante. Sentì un brivido lungo la schiena. *E se gli fosse successo qualcosa di brutto?*

Capitolo Sei

Nove ore prima

Svegliandosi presto dopo aver sognato Jory, Trent si lamentò con l'infermiera Marie e con il dottore, che stavano ai piedi del suo letto. "Dovevate svegliarmi proprio in questo momento? Accidenti, avete rovinato un bellissimo sogno." Incrociò le braccia sul petto, tenendo il broncio.

"È il momento di prendere le tue cose, Trent."

"Cosa?"

"Abbiamo trovato un donatore di cornea. Ti mandiamo a New York per il trapianto."

"Come?" Lui si sollevò, ignorando il dolore.

"Hai sentito. È il tuo giorno fortunato, soldato," disse Marie. "Cominciamo."

Trent pensò che il cuore potesse esplodergli. Prima, aveva trovato Jory e adesso avrebbe riacquistato la vista.

"Forse dovrebbe comprare un biglietto della lotteria", disse il dottore.

Trent sentì il rumore della penna sulla carta e immaginò che stesse scrivendo. "Perché? Ho già vinto. Riacquisterò la vista."

"La sorella del donatore vorrebbe vederla. Lei è d'accordo?" gli domandò il dottore, porgendo un blocchetto al sergente scelto. "Una firma qui. La guiderò io.", disse mettendo il blocchetto in mano al marine.

Trent scarabocchiò il suo nome. "La sorella del donatore? Forse la conosco?"

"Non lo so, non l'ha detto. Sta aspettando qui fuori."

"Certo, la faccia entrare. Sarei lieto di ringraziare chiunque sia responsabile di questo miracolo."

Trent sentì qualcuno che apriva i cassetti. Immaginò che fosse l'infermiera Marie. Non si preoccupò di dover prendere le sue cose, dubitando di essere arrivato lì con poco più del suo portafoglio.

"Sergente scelto Trent Stevens, le presento Mary Jefferson."

Trent le porse la mano. "Lieto di conoscerla, signorina Jefferson."

"Anch'io," disse lei con voce tremante mentre gliela stringeva.

"È buffo, c'era un soldato nella mia unità che si chiamava Jefferson. Per caso lo conosceva?"

Nessuna risposta. Un pensiero si fece strada nella sua mente e il cuore iniziò a battere all'impazzata. Iniziò a respirare più velocemente. *No, non poteva essere.*

"Proprio così, sergente Stevens."

"Come?"

Ditemi che non è vero!

"Harvey Jefferson era mio fratello."

"Era?"

"È morto al fronte. Proprio ieri."

Trent deglutì. Due paia di mani gli ressero la schiena.

"Ieri?", riuscì a dire a malapena.

"Sì. Harvey aveva espresso la sua volontà di donare i suoi organi, o almeno quelli rimasti."

"Le dispiace se le chiedo come è morto?"

"Nessun problema. Non mi dispiace. Un cecchino gli ha sparato al collo. È morto dissanguato. Quindi i suoi occhi, le sue cornee per l'esattezza, sono intatte."

Trent cercò di dire qualcosa, ma non riuscì a trovare le parole.

"Molto tempo fa, mi aveva detto che, se questo fosse mai successo, avrei dovuto cercare per primo qualcuno della sua unità. Qualcuno che avesse bisogno di qualcosa. Qualcosa che lui non potesse più usare. Ho parlato con il vostro superiore e lui mi ha fatto il suo nome."

"Non so cosa dire, signorina Jefferson. Harvey era un ragazzo fantastico. Mi dispiace molto che non ci sia più."

"Non del tutto. Siamo riusciti a salvare alcuni dei suoi organi per donarli ad altri. Continuerà a vivere in lei e negli altri."

"È incredibilmente generoso da parte sua. Grazie mille per aver pensato a me. Questo vuol dire molto per me. Potrò vedere di nuovo. Le mie preghiere sono state esaudite."

"So che Harvey sarebbe felice di sapere di averla aiutata."

"Se c'è qualcosa che posso fare per lei..."

"Non si preoccupi, pensi a vivere. Spero che le sue cornee la aiutino a vedere la felicità."

Sentendo la sua voce tremante, le porse la mano. Lei mise la mano nella sua e lui la afferrò, baciandole il dorso.

"Lo faranno, ne sono sicuro."

Quando lei gli lasciò la mano, la sentì frugare in qualcosa, poi sentì qualcuno soffiarsi il naso. All'improvviso, si rese conto di quanto dovesse essere difficile per lei. Una sensazione di oppressione gli strinse il petto al ricordo del suo amico, finché non riuscì più a trattenere le emozioni. Le lacrime iniziarono a scorrergli sulle guance. Le asciugò con impazienza con il dorso della mano.

"Le auguro buona fortuna, sergente."

"Anch'io, signorina Jefferson."

"Mi dispiace davvero interrompervi, ma dobbiamo portarlo a New York. Grazie mille, signorina Jefferson."

"Che Dio sia con lei", disse andandosene.

Trent appoggiò la schiena e ascoltò il suono dei suoi passi mentre usciva dalla stanza. Non appena fu lontana, le cose successero velocemente. Come un tornado che gli vorticava intorno, l'infermiera Marie aveva raccolto i suoi pochi oggetti. Lo trasportarono all'ingresso, dove lo misero su una barella e poi dentro un'ambulanza per il viaggio verso sud.

Le sirene si fecero strada fino all'autostrada, evitando il traffico. La velocità del veicolo lo faceva tremare leggermente. Trent si strinse con forza ai lati della barella.

"Non stiamo andando un po' troppo veloce?" chiese Trent.

"Dobbiamo arrivare in sala operatoria per quei nuovi occhi, amico, finché sono ancora buoni," disse l'autista.

Il marine fu sopraffatto dalla paura. Non sapeva a cosa sarebbe andato incontro. Un altro intervento non era nella sua top ten dei passatempi preferiti, ma era necessario. Fu solo a metà strada del viaggio verso New York che i ricordi di Harvey Jefferson lasciarono il posto ai pensieri lascivi su Jory. Sorrise. Adesso, avrebbe potuto vederla, vedere tutto di lei, senza quel maledetto costume da bagno.

Era successo tutto così velocemente che non aveva chiesto a Jory il suo numero di telefono. Senza le lettere e dopo tutto ciò che aveva passato, non riusciva nemmeno a ricordarsi il suo cognome. Inoltre, il suo telefono era ormai scarico da molto tempo, non sapeva dove fosse il caricabatterie e comunque non avrebbe potuto digitare il numero. Così, non aveva alcuna possibilità di dirle niente.

Si chiese cosa avrebbe pensato quando sarebbe arrivata e avrebbe trovato il suo letto vuoto. Si mangiucchiò un'unghia all'idea che lei potesse pensare che fosse morto. Quel pensiero gli diede i brividi. Sperò che l'infermiera Marie avrebbe salvato la sua ragazza da quel pensiero orribile.

Quando avrebbe riacquistato la vista, avrebbe cercato un modo di mettersi in contatto con lei. Poi, avrebbero potuto riprendere la loro relazione mentre lui rimetteva insieme i pezzi della sua vita. Ovviamente, c'era ancora il problema della sua gamba. I dottori erano piuttosto sicuri che avrebbe ricominciato a camminare, ma tornare in servizio attivo era fuori discussione. Era rassegnato a ricevere un congedo medico dai marine.

Avrebbe dovuto affrontare una terapia fisica. Secondo i dottori, la cura delle sue ferite procedeva bene. Immaginava di avere l'aspetto di una bambola di pezza, una specie di mostro di Frankenstein, con i punti sparsi qua e là.

Jory l'aveva visto e sembrava che non le importasse. Avrebbe ripreso in mano i suoi sogni per il futuro. Non vedeva l'ora e adesso avrebbe avuto una bellissima donna al suo fianco, che l'avrebbe aiutato a guarire e avrebbe dato un senso alla sua vita. In silenzio, ringraziò Harvey per la millesima volta. Si ripromise che avrebbe visto soltanto il bello della vita attraverso gli occhi del suo compagno.

Quando arrivarono in ospedale, gli diedero un anestetico locale, lo legarono alla barella e si misero al lavoro. Lui rivolse i suoi pensieri alla sua ragazza, alla campagna e a una bella bistecca succosa.

"ALLORA, VUOI LASCIARMI un numero di telefono perché il sergente Stevens possa contattarti? Sono certa che possiamo rintracciarlo," disse l'infermiera Marie, mentre spalancava le tende e apriva la finestra per far prendere aria alla stanza.

"No, grazie. Non è necessario."

"Immagino che lui abbia il tuo numero, volevo solo esserne certa. Voi due sembravate molto felici insieme."

Jory riuscì a fare un lieve sorriso.

"Devo scappare. Prenditi cura di te. Buona fortuna a entrambi. Passate a salutarmi quando il sergente starà meglio, va bene?"

Jory annuì. Uscì dalla stanza e si diresse verso la sua auto. Una sensazione di vuoto ebbe il sopravvento su di lei. Era finita. Lui era andato via. Avrebbe riacquistato la vista e la loro relazione sarebbe finita. Aveva molto da fare prima del suo ritorno, se mai fosse tornato.

Aggrottò la fronte al pensiero che lui potesse tornare per lei. Forse l'avrebbe cercata? Dopotutto, non le aveva detto niente. Non le aveva detto che stava partendo. Ovviamente, l'infermiera Marie le aveva detto che era partito di gran fretta. Questo la sollevava forse dall'obbligo di provare a cercarlo? Immaginava di sì. Erano solo due navi che si erano ritrovate lungo la stessa rotta.

Tornando a casa, sospirò al ricordo della cena con Jim Sparks per offrirle il lavoro.

"Jim Sparks ha chiamato oggi," aveva detto Jory, nascondendo un sorriso.

"Oh?" aveva detto Nan, sollevando un sopracciglio.

"Chi è? Il tuo nuovo ragazzo? Caspita, ultimamente li cambi più velocemente di me."

"È il direttore dell'Oak Bend Reporter."

"Quindi adesso frequenti il direttore di un giornale?" le aveva chiesto Amber, stringendo gli occhi. *"Quanti anni ha?"*

"Non lo sto frequentando, cucciolotta. Mi ha offerto un lavoro. Sarò il caporedattore del Reporter."

"Congratulazioni, Jory," aveva detto Nan, tagliando un pezzetto di quiche con la forchetta.

"C'è molta strada per Oak Bend, no? O lavorerai da casa?"

Jory aveva appoggiato dolcemente la mano sul braccio di sua sorella. "Dovrò trasferirmi."

Quelle parole si erano fermate a mezz'aria.

Amber aveva sollevato la testa di scatto, fissandola con i suoi grandi occhi blu. "Andrai via? Pensavo che l'avresti fatto solo per sposarti."

"È arrivato il momento. Sinceramente, potrai cavartela e resterai comunque con Nan." Nello stesso momento in cui Jory aveva pronunciato quelle parole, Amber si era alzata da tavola scappando via in lacrime. Non era stata una sorpresa per Jory che, aggrottando la fronte, si era resa improvvisamente conto che trasferirsi fosse più difficile di quanto avesse programmato.

Amber non aveva parlato con Jory per tre giorni ma, alla fine, le due ragazze avevano fatto pace. Tuttavia, si sentiva ancora preoccupata quando guardava la sua sorellina. Amber era davvero pronta a lasciarla andare?

Adesso, Jory avrebbe dovuto mettere in pratica il suo piano di fuga. Quando tornò a casa, andò nella sua stanza e chiuse la porta.

"Sì, avrò bisogno della stanza immediatamente. Quando sarà pronta? Posso venire a vederla domani. Grazie, è molto gentile."

Jory controllò il suo conto online e trasferì il denaro dal conto di risparmio al conto corrente. Sarebbero passate ancora due settimane prima di cominciare il suo nuovo lavoro, ma voleva trasferirsi il più presto possibile. Non aveva uno stipendio enorme ma, con tre donne che contribuivano alle spese e al mantenimento della casa, era riuscita a mettere da parte qualcosa per i giorni di pioggia e adesso stava diluviando.

Aveva abbastanza denaro per pagare due mesi d'affitto prima di ricevere il suo primo stipendio. Era perfetto e tutti i suoi piani stavano andando come previsto.

Alle sei, la cena era pronta. Nan aveva grigliato degli hamburger e la temperatura era abbastanza calda per cenare fuori.

"Tra poco andrò via, forse domani. Sicuramente entro lunedì."

"Così presto?"

"Le cose sono cambiate. Trent è andato a New York per un trapianto di cornea. Potrebbe tornare in qualunque momento."

Le lacrime iniziarono a scorrere sulle guance di Amber. "Tu andrai via ed è tutta colpa mia."

Jory si avvicinò per fare una carezza a sua sorella. "Non è colpa tua. Inoltre, prima o poi sarei comunque andata via."

"Se non avessi firmato quella stupida lettera col tuo nome, resteresti a vivere qui."

"È colpa mia, cucciolotta. Avrei potuto dirgli tutto almeno una dozzina di volte. È solo colpa mia."

"Non voglio che tu te ne vada."Lo sguardo implorante di Amber sciolse il cuore di Jory.

"Sto solo andando a Oak Bend. Potrai venire a trovarmi ogni volta che vorrai. Possiamo parlare al telefono e ogni tanto verrò a cena."

"Stai lasciando la città a causa di quello che ho fatto."

"No, a causa di quello che ho fatto io. Sono una codarda. Se fossi coraggiosa, resterei qui e accetterei le conseguenze, ma non lo sono."

"Non vuoi che lui si arrabbi con te. Sei innamorata di lui, vero?" La sua sorellina riusciva sempre a essere molto diretta.

Jory si sentì arrossire in volto. "Forse, forse lo sono. E sono stata una stupida a innamorarmi di qualcuno che crede che io sia te."

"Non sei stata stupida, solo generosa," intervenne Nan, aggiungendo del ketchup al suo hamburger.

"In ogni caso, è finita. Mamma diceva sempre di non piangere sul latte versato. Quindi, dimentichiamo tutto e andiamo avanti. Adesso guadagnerò di più. Presto, potrò permettermi il mio appartamento e tu potrai fermarti a dormire, cucciolotta."

Ma Amber non si fece adulare da Jory. Rivolse a sua sorella uno sguardo triste e ostile, con gli occhi pieni di lacrime, si alzò da tavola e uscì di corsa dalla stanza. Jory si mise a giocherellare con la sua insalata.

"Pensavo che potesse accettarlo. Non so che cosa fare, Nan. Dovrebbe crescere un po'."

"Lo supererà. Amber è forte. Troverà un modo di affrontarlo, lo fa sempre."

"Ho la sensazione di deluderla. E di deludere anche te."

"Non preoccuparti per me. Me la caverò. E chi lo sa, magari Dan potrebbe trasferirsi qui."

Jory alzò lo sguardo, spalancando gli occhi.

"Sto solo scherzando. Ci sei cascata per un attimo, vero?"

"Cazzo, non farlo mai più. Mi è quasi venuto un infarto."

"Cucciolotta e io ti aiuteremo a fare le valigie. Non hai bisogno di portarti subito tutto. Così avrai un motivo per tornare a trovarci."

"Sì, ho dato le dimissioni ieri."

"Avrei voluto essere lì per vedere la reazione arrabbiata di quell'acido pettegolo."

"Non gli importa più niente di me adesso, è tutto preso da Marla. Meglio per me. Sono fatti l'uno per l'altra. Lei è la ragione per cui tutti in città mi fermano per chiedermi come sta Trent."

Nan scoppiò a ridere. "Già, non è il massimo che la direttrice dell'ufficio postale sia la più grande pettegola della città."

"Scommetto che il suo lavoro le dia la possibilità di accedere a ogni tipo di pettegolezzo."

"Cavolo, non ci avevo mai pensato. Dovrò farmi spedire i miei sex toys al tuo indirizzo di Oak Bend," disse Nan.

Jory si strozzò con il suo tè freddo.

"Stavo solo scherzando."

"Così mi ucciderai."

"Non lo farei mai, tesoro, non alla mia dolce nipotina." Nan accarezzò il viso di Jory.

"Tu e Amber dovrete riappacificarvi. Io non sarò sempre qui a risolvere i vostri battibecchi."

"Non preoccuparti per me. Anch'io le voglio bene, ma a volte è davvero egoista. È difficile avere a che fare con lei."

"Lo so. Tu e io l'abbiamo viziata. È colpa nostra."

"Non mettere tutto sulle tue spalle, Jory. Non sei mica Atlante."

Le due donne continuarono a chiacchierare mentre mangiavano. Dopo cena, Jory salì al piano di sopra e cominciò a fare le valigie. Amava la casa di Nan e odiava doversene andare. Pine Grove era stata casa sua per tanto tempo. Lasciarla, o fuggire, che era esattamente ciò che stava facendo, le faceva venire la voglia di restare. Aveva la sensazione che ci fosse qualcosa di incompleto, ma non sapeva cosa.

IL MATTINO DOPO, NAN non andò in chiesa per aiutare Jory a fare le valigie. Amber le aiutò un po', poi si rattristò troppo per continuare. Lei chiamò Troy e lui venne a prenderla.

La tristezza si fece strada nel cuore di Jory mentre prendeva le cose che aveva appeso alle pareti. Lasciare quella stanza, quella che era stata la sua casa per quindici anni, non sarebbe stata una passeggiata. Prese la sua scatola di fazzoletti e tolse i disegni degli uccelli di Trent, insieme alla sua foto. Dopo averli messi nelle buste di carta trasparente, li ripose in una piccola scatola.

Piegò i vestiti che aveva nell'armadio e ripose le camicie, i pantaloncini e la biancheria intima in un'altra scatola. Poi, prese le grucce con i vestiti da lavoro e li mise sul letto. Concentrarsi su un'attività pratica teneva a bada le sue emozioni.

La fine di quel capitolo della sua vita era più dolorosa di quanto si aspettasse. Nan le aveva suggerito di buttare i disegni di Trent, ma Jory non ne aveva avuto il coraggio. Il fatto che lei e Trent non potessero stare insieme non cambiava l'amore che provava per lui. Nel suo cuore, ci sarebbe sempre stato un posto per quel soldato amante degli uccelli, anche se lui non provava le stesse cose.

Sorrise per un attimo per l'ironia della situazione. Aveva sempre sognato di innamorarsi e di trovare l'uomo giusto; trovarlo sarebbe stata la risposta alle sue preghiere, lo stimolo che l'avrebbe fatta ricominciare daccapo. Sarebbe uscita dall'ombra. Adesso che la sua relazione con il marine era finita, era finito anche il suo sogno. Si sarebbe accontentata della passione che avevano condiviso. Almeno, aveva provato il vero amore per una volta nella vita. Probabilmente più della maggior parte delle persone.

Non era facile lasciar andare tutto questo. L'avidità le strinse il cuore. Voleva di più, un'altra possibilità, un altro sergente Trent Stevens. Rabbrividì pensando di essere destinata a ridursi una vecchia pazza con la casa piena di gatti. Questo era più prevedibile del suo amore imprevedibile?

L'ultimo disegno che mise via fu quello di Rocky, il falco. Jory seguì il suo contorno con le dita, osservandone le linee raffinate. Chiuse la scatola, se la portò rapidamente alle labbra e poi la mise dentro una più grande diretta a Oak Bend.

Quando ebbe finito di mettere via la maggior parte delle sue cose, che non erano molte, secondo i criteri di Amber, la sua stanza rimase nuda e impolverata. Una fitta di dolore le trafisse il cuore. Le persone consigliavano sempre di "andare avanti con la propria vita", ma non era facile come dicevano. La sua malinconia non dipendeva solo da Trent. L'inaspettato attaccamento alla sua stanzetta, a quella casa, a sua zia e ad Amber le teneva i piedi incollati sul pavimento in legno.

Una cincia si posò sul suo davanzale. Per fortuna, il vetro impedì all'uccellino di entrare nella stanza. Cinguettò, la guardò e spostò la testa a destra. Lei sorrise. Sicuramente ci sarebbero state altre cince a Oak Bend. Già, ma non quella.

Sospirando, Jory si costrinse a voltarsi, a chiudere la porta e a scendere le scale. *È ora di dirigermi verso la mia nuova vita.* Non voleva far aspettare sua zia. Dopo aver caricato l'ultima scatola e aver chiuso il bagagliaio, Nan la chiamò.

"Vieni qui, tesoro." La donna versò due tazze di caffè e si sedette al tavolo della cucina. "Ho una confessione da farti."

"Oh, Dio. Non penso di poter sopportare altro stress, Nan. Di che si tratta?" Jory si lasciò cadere sulla sedia di fronte alla sua.

"Hai contribuito al pagamento del mutuo negli ultimi nove anni, giusto?"

Jory annuì.

"Beh, a dire il vero, non ho mai avuto bisogno dei tuoi soldi e nemmeno di quelli di Amber, ma non dirglielo."

"Che cosa?"

"Proprio così. Così ho preso i tuoi soldi e ho aperto un conto di deposito. Li ho messi da parte per quando ne avresti avuto bisogno e adesso sembra il momento giusto. Eccoli." Porse a Jory un assegno di ventisettemila dollari.

Jory, senza riuscire a parlare, guardò sua zia, poi l'assegno, poi di nuovo sua zia.

"In ogni caso, non dire niente ad Amber. Mi chiederebbe i suoi soldi adesso e li spenderebbe tutti in vestiti e trucchi."

"Non lo farò. Oh, mio Dio. Grazie mille! È grandioso. Non me lo sarei mai aspettato."

"Sì, beh, adesso non dovrai preoccuparti del fatto che io non riesca a pagare il mutuo o a fare la spesa."

"È un vero sollievo."

"Quindi, non cercare una stanza in affitto a poco prezzo. Prenditi un appartamento. Compra dei veri mobili e vivi bene."

"Oh, mio Dio! Sono così felice! Vivrò in quella stanza per un paio di settimane, finché non troverò un appartamento. Questa è la notizia migliore che tu potessi darmi. Grazie mille, sei davvero generosa." Con gli occhi lucidi, Jory la abbracciò.

"È la cosa più vicina che io possa fare a ciò che avrebbero fatto i tuoi genitori." Una lacrima scivolò sulla guancia di Nan.

Con i suoi risparmi in tasca, Jory andò verso la macchina. La mise in moto e si diresse verso la Route 55. Avrebbe avuto il tempo di trovare un posto migliore dove vivere e di cominciare il suo lavoro. Sarebbe stata felice, con il successo a portata di mano, ma non faceva altro che pensare a Trent. Si chiese come fosse andato il suo intervento e se avesse riacquistato la vista. Avrebbe mai ricominciato a camminare? Sarebbe ritornato al cento per cento della sua forma e avrebbe ripreso servizio? Le situazioni non concluse la divoravano. Aveva bisogno di sapere che stesse bene e che non avesse più bisogno di lei.

Probabilmente non ne aveva, pensò. Poi la canzone "Too Late for Goodbyes" iniziò a suonare alla radio e capì che, anche se lui fosse riuscito ad andare avanti senza di lei, lei non sarebbe stata bene senza di lui. Per lei, era troppo tardi per dirgli addio. Aveva bisogno di lui e ne avrebbe avuto bisogno per sempre.

Già prima delle sei, aveva firmato un contratto settimanale per una stanza nella casa di Mary Casey, situata a Third Street. Poi uscì, percorse la Main e andò in cerca di un ristorante ma, alle sette di domenica sera, l'unico posto aperto era un Seven Eleven. Ritornò nella sua stanza, sgranocchiando qualche pretzel, e pensò di chiamare Nan per invitarsi a cena.

Qualcuno bussò alla porta. "Sono Mary, cara."

Jory aprì.

"Volevi cucinare?"

"Stavo cercando un ristorante, ma non c'è nulla di aperto adesso."

"Non la domenica sera. Ti va di mangiare qualcosa con me e Joe?"

"Oh, non potrei farlo."

"Abbiamo preparato lo stufato di carne e ce n'è in abbondanza. Per favore, unisciti a noi. Ci piacerebbe molto conoscere il nuovo caporedattore del Reporter." Mary si mise le mani sui fianchi.

Jory sorrise. Una cena fatta in casa era proprio l'ideale. La seguì fino al tavolo rotondo della stanza da pranzo. Era apparecchiato per tre persone. Un uomo di mezza età con i baffi sale e pepe e una decina di chili in più si alzò, porgendole la mano.

"Joe Casey. Benvenuta."

"Jory Walker." Jory si sedette sulla sedia indicata da Joe.

"Mary è un'ottima cuoca."

"Grazie mille per l'invito."

Mary portò a tavola lo stufato, mentre Joe prendeva un cestino di burro e biscotti fatti in casa. I bicchieri furono riempiti d'acqua o di tè freddo. Quando furono tutti seduti, Joe iniziò a recitare una preghiera di ringraziamento.

"Mia sorella vive a Pine Grove. Questa città è molto più grande," disse Mary.

"Non vedo l'ora di avere qualcosa da scrivere su questo posto," disse Jory, mentre gustava il miglior stufato che avesse mai mangiato, a parte quello di sua zia. "Deve assolutamente darmi la ricetta."

"Per favore, passami il burro," disse Joe. "Su quali argomenti pensi di scrivere?"

"Devo imparare a conoscere la città e controllare gli archivi, per vedere quali argomenti sono già stati affrontati. Ho anche in programma di partecipare agli incontri cittadini."

"Una giovane donna arriva in una città a pochi chilometri da casa, prendendo temporaneamente una stanza in affitto e con un nuovo lavoro. Dimmi, Jory, qual è il vero motivo del tuo trasferimento a Oak Bend?", le chiese Mary.

Capitolo Sette

Dopo il suo intervento, Trent si trasferì a casa di Dan MacMurray, con la gamba ingessata e un paio di stampelle. Come ordinato dal dottore, Trent doveva tenere gli occhi bendati per una parte della giornata e utilizzare delle gocce fino alla guarigione. Non avrebbe potuto vivere da solo ed essere indipendente, almeno per un po'.

Non avrebbe dovuto mettere le gocce per sempre: tutto dipendeva dal processo di guarigione e dall'eventuale insorgenza di infezioni. Il dottore gli prescrisse degli antibiotici per prevenzione. Trent odiava prendere pillole, stare a riposo, indossare le bende e usare le stampelle. Non gli era mai piaciuto vivere come un "invalido," come si definiva lui, che dipendeva dagli altri.

Non era diventato sergente scelto comportandosi come un rammollito che aveva bisogno di qualcuno che si prendesse cura di lui. Era sempre stato forte e indipendente, il tipo su cui gli altri fanno affidamento. Quest'inversione dei ruoli non gli si addiceva. Con il suo carattere burbero e irascibile, contava i giorni finché sarebbe andato a vivere da solo.

Durante una visita all'ospedale dei veterani, incontrò l'infermiera Marie all'ingresso. Lei l'accolse con un grande abbraccio.

"Guardati! E loro che pensavano che non avresti più camminato e che non avresti riacquistato la vista." Lei incrociò le braccia sul petto e sorrise.

Trent indossava gli occhiali da sole anche all'interno. La esaminò, adattando l'immagine che si era fatta di lei a quella reale. Era più alta di quanto immaginasse. "Hai notizie di Jory?"

"È venuta a trovarti il giorno in cui ti hanno portato a New York. Le ho detto ciò che è successo. Sembrava felice per te. Le ho chiesto il suo numero, ma mi ha detto che tu l'avevi già."

"Io? No, non ce l'ho. È successo tutto così velocemente che non ho avuto l'occasione di chiederglielo. Non pensavo di partire così all'improvviso."

"Il suo cognome è Walker. Credo che viva con sua zia. Se vuoi, ti scrivo l'indirizzo."

"Grazie."

Lui si mise il biglietto nel taschino, poi raggiunse Dan per tornare a casa.

"Che ne dici di fermarci al caffè per pranzo?"

"Certo, offro io."

"Un'offerta che non posso rifiutare," disse Dan.

Durante il tragitto in macchina, Trent rimase in silenzio. Si chiedeva perché Jory avesse mentito a Marie sul numero di telefono. Sarebbe passato da casa sua, l'avrebbe vista di persona e avrebbe scoperto cosa stava succedendo. Lei era la cosa migliore che gli fosse mai capitata e non aveva intenzione di perderla.

Dopo un ottimo pranzo a base di carne e purè di patate, mentre sorseggiava il loro caffè, Trent si appoggiò allo schienale. "Ho un favore da chiederti," disse il marine, con la gamba distesa sulla panchina.

"Qualsiasi cosa."

"Potresti accompagnarmi a casa di Jory Walker oggi pomeriggio? Non ho il suo numero di telefono."

Dan guardò fuori dalla finestra. "Sei sicuro che lei voglia vederti?"

"Perché non dovrebbe?"

"Non lo so, solo che non l'hai più sentita."

"Sono andato via prima che potessimo scambiarci il numero di telefono."

"Oh, capisco. Certo, certo, perché no?"

Lo spirito osservatore di Trent fece capolino. Dan cambiò posizione e distolse lo sguardo da Trent.

"Devi anche metterti le gocce e riposarti, te lo ricordi?"

"Lo farò, te lo prometto. Ho solo bisogno di incontrare Jory adesso che ho riacquistato la vista."

Dan iniziò a sudare. Trent divenne ancora più sospettoso. Dan gli stava nascondendo qualcosa e Trent doveva sapere di cosa si trattava, soprattutto se riguardava Jory.

Trent pagò il conto e si diresse zoppicando verso l'auto. Si sedette sul sedile posteriore per distendere la gamba. Tenerla nella stessa posizione troppo a lungo gli faceva venire i crampi. Dan sembrava più nervoso di quanto fosse stato durante il pranzo. Quella visita sembrava un'operazione sotto copertura. Nascondersi sul sedile posteriore poteva essere una buona scelta.

Durante il tragitto, Dan disse: "Farle una sorpresa potrebbe non essere una buona idea. Se non dici a qualcuno che stai per andare a casa sua, potresti avere tu una bella sorpresa."

"Nessun problema, ho bisogno di sapere la verità. Se ha onosciuto qualcun altro, voglio saperlo."

"Magari non è nemmeno a casa, torniamo indietro."

"Se non è a casa, avremmo solo perso un po' di benzina e un po' di tempo. Andiamo."

Dan rallentò mentre si avvicinavano alla casa. All'improvviso, la porta si aprì. La ragazza della foto, quella che Trent conosceva come Jory, uscì dalla casa.

"Fermo!" gli ordinò. Dan frenò.

La ragazza scese i gradini ed entrò in una decappottabile. Diede un bacio al ragazzo seduto al volante e chiuse lo sportello. Il ragazzo le si avvicinò per baciarla di nuovo, poi mise in moto l'auto e si allontanò.

Trent ebbe la sensazione che il suo cuore avesse smesso di battere, ma all'improvviso iniziò a battere al doppio della velocità. Non riusciva a respirare mentre il cuore gli pulsava nelle orecchie.

"Trent?" disse Dan, voltandosi dal sedile anteriore.

"Torniamo a casa," balbettò. "Ho visto abbastanza."

Dan rimise in moto l'auto.

Con l'adrenalina che gli scorreva nelle vene, Trent fu sopraffatto dal dolore. Provava dolore ovunque: gli occhi, la gamba e la testa. I punti gli facevano male. Voleva solo tornare a casa, distendersi a letto e dimenticarsi di essere vivo.

Dan parcheggiò e aprì lo sportello a Trent.

"Grazie." Trent si alzò dal sedile posteriore, faticando per restare in equilibrio. Dan lo aiutò finché non si resse sulle stampelle.

Trent scomparve nello studio, una stanza al primo piano che era diventata la sua camera da letto. Dan gli mise le gocce e Trent cercò di non piangere per venti minuti. Sospirando, accese la radio. Cambiò i canali finché non trovò della musica. Si mise le bende sugli occhi e si distese sul letto. Sollevò la gamba su tre cuscini e si mise ad ascoltare. La canzone che stavano trasmettendo era "Too Late for Goodbyes" di Julian Lennon.

Le lacrime iniziarono a scorrere sul viso del sergente. La tristezza e la rabbia si fecero strada nel suo cuore. Alla fine della canzone, lanciò la radio contro il muro, rompendola in mille pezzi. La porta si aprì, poi si richiuse dolcemente. Trent si voltò su un fianco, afferrò il suo cuscino, vi appoggiò il viso e iniziò a singhiozzare.

DUE MESI DOPO

Jory si era perfettamente adattata al suo nuovo lavoro. I dipendenti del Reporter la trattavano con rispetto. Jim Sparks, con il suo carattere burbero ed esigente, si aspettava il meglio da lei e lei si impegnava molto per non deluderlo.

Jory tornava a casa da Nan per la cena una volta alla settimana. Lei, sua zia e Amber non parlarono più di Trent. Per un mese, Jory aveva chiesto almeno una volta alla settimana se lui fosse venuto a cercarla, ma la risposta era sempre stata "no."

Il suo cuore soffriva al pensiero che, una volta riacquistata la vista, le avesse voltato le spalle. Non si sarebbe mai aspettata che l'avrebbe dimenticata così velocemente e si rimproverò per la sua ingenuità. Era stata facile, forse troppo facile, e adesso lui aveva voltato pagina verso la sua prossima "avventura," o "storia di letto."

Nonostante se lo ripetesse molte volte, non riusciva a convincersene. Un vago sospetto che fosse successo qualcosa le si insinuò in mente. Aveva chiesto a Nan della guarigione di Trent e sua zia le aveva risposto che stava andando bene. Ovviamente, era una buona notizia, ma forse sarebbe stata più felice di sapere che qualcosa fosse andata male. Almeno, avrebbe capito il motivo della sua indifferenza.

Cercò di allontanare dalla mente l'altra spiegazione, ovvero quella di essere stata una stupida. Jory, la più furba delle sorelle Walker, era semplicemente troppo intelligente per farsi prendere in giro da quel bel marine. In qualunque modo la mettesse, faceva comunque male. Non avere spiegazioni peggiorava il suo dolore.

Anche quando si abbandonava all'autocommiserazione, non poteva negare che la sua scomparsa le avesse permesso di non prendersi la responsabilità di dirgli la verità. Aveva evitato di dargli molte spiegazioni. Molto probabilmente, l'avrebbe comunque scaricata, prima o poi. Si consolò all'idea che evitare il confronto fosse il modo meno doloroso di separarsi, ma non riusciva a convincersene veramente.

Avrebbe voluto smettere di amarlo. Sarebbe stato molto più semplice se lui fosse stata solo una distrazione, ma sentiva la sua mancanza ogni giorno: le mancava parlargli, leggere le sue lettere e tenerlo per mano. Il suo nuovo lavoro era impegnativo e il suo successo era incerto. Avrebbe avuto bisogno del suo sostegno, o almeno della sua amicizia.

Dopo aver vissuto a casa dei Casey per un paio di mesi, aveva preso in affitto un bilocale accogliente e a buon prezzo, situato al primo piano. L'aveva arredato con il denaro che Nan aveva messo da parte per lei. Jory cercò di tenersi impegnata per non pensare a Trent, iniziando a coltivare il giardino e montando le mangiatoie per gli uccellini.

Gli uccellini le ricordavano le storie divertenti che lei e il marine avevano condiviso sui comportamenti buffi dei piccoli pennuti. Quando succedeva qualcosa di carino, lei prendeva un appunto mentale, dimenticandosi che non l'avrebbe raccontato a Trent. Lo condivideva con Nan e Amber, ma loro si stancarono presto di sentire quelle storie. Quando andava a letto la sera, Trent occupava la sua mente. Continuava a ricordare ogni minuto che aveva trascorso con lui.

Quando restava sveglia fino a tardi, tirava fuori alcune delle sue lettere dalla bella scatola ricoperta di stoffa e rimaneva a leggerle fino a quando la stanchezza non le rendeva le palpebre pesanti.

Mentre la giornata del mercatino dell'usato cittadino si avvicinava, Jory non aveva più paura di tornare a Pine Grove. Ovviamente, Trent non la stava cercando, quindi poteva tornare alla sua vita mantenendo intatto il suo anonimato. Mise da parte la delusione e scelse di viverla come un sollievo.

Amber non faceva che parlare di Troy e di quanto fosse stupendo. Jory era felice di veder finalmente sua sorella stare stabilmente insieme a un uomo. Forse Troy era abbastanza uomo da domare la ribelle delle sorelle Walker.

Mary aveva cercato di combinare un paio di appuntamenti per Jory, ma erano andati male. Lei non era riuscita a trovare un argomento di conversazione. Non sapevano niente né di uccelli né di libri, quindi li considerava incompatibili. Stare da sola le dava il tempo per leggere e per osservare le cince. Aveva una vita piena e impegnativa e aveva deciso che questo le bastava.

Il suo cellulare si mise a squillare.

"Devi venire al mercatino dell'usato. Sarà un grande evento. Avrai sicuramente bisogno di qualcosa per il tuo nuovo appartamento," disse Amber.

"Va bene, ci verrò."

"Oh, bene. Ho invitato Troy per cena, è un problema?"

"Certo che no. Non devi chiedermi il permesso."

"Nan mi ha detto che avrei dovuto farlo."

"Non fare la stupida. Per me non c'è nessun problema."

"Meglio, dato che l'ho già invitato!" ridacchiò Amber.

Jory tornò a casa la sera prima per poter arrivare in tempo alla cena con Troy. Era un ragazzo molto bello, con i capelli biondi quasi quanto quelli di Amber, alto circa un metro e novanta e con le spalle larghe. Riempiva Amber di lodi. Riuscì nell'impresa impossibile di impressionare Jory. Quel ragazzo sembrava proprio innamorato di sua sorella. Si rimproverò in silenzio per essersi sorpresa.

Il giorno dopo, tutta la città era in fermento e vecchi e giovani si davano da fare, scoprendo i vecchi tesori delle loro cantine e discutendo sul modo migliore di disporre i loro oggetti usati. Le coppie misero dei tavoli davanti alle loro case, per esporre la loro roba. I bambini mettevano in disordine le cucine per preparare biscotti e limonata da vendere agli acquirenti assetati. Il club femminile scelse un posto vicino alla caserma dei pompieri. Persino l'ufficio dello sceriffo mise a disposizione il suo parcheggio a un gruppo di poliziotti e pompieri in pensione perché potessero guadagnare qualche dollaro.

Piatti spaiati, servizi di piatti incompleti, vecchie bici, radio con qualche crepa, dozzine di libri, elettrodomestici da cucina, attrezzi, giocattoli, giochi da tavola con qualche pezzo mancante, puzzle e vestiti usati affollavano tavoli, vialetti, portici e prati. Pine Grove era pronta per la vendita più importante dell'anno. I cittadini stavano già decidendo come spendere le grandi somme di denaro che speravano di racimolare.

Amber e Nan avevano esplorato la soffitta per scegliere le cose da dare via della casa dei loro genitori. Aggiunsero delle opere d'arte, dei vestiti quasi nuovi, dei libri, le vecchie pipe dello zio Ben e altri oggetti che Nan aveva conservato nel corso degli anni. Jory aveva accettato di separarsi dalle cose che avevano scelto e aggiunse due scatole di roba di seconda mano che aveva lasciato nella sua stanza per il mercatino.

Al piano di sopra, si abbandonò ai ricordi per una o due ore. I ricordi felici dei suoi genitori e della sua vita insieme a loro le scaldarono il cuore, facendola sorridere. Spolverò i piccoli animali di porcellana che lei e sua madre avevano collezionato insieme. Alcune foto, insieme a un famoso detto ricamato da sua madre e incorniciato da suo padre, erano ancora lì. Sedendosi su un vecchio sgabello da pianoforte, Jory riguardò quegli scatti, fermandosi a ricordare le avventure che aveva condiviso con la sua famiglia e i suoi più cari amici.

Quei ricordi erano soltanto suoi. Amber era solo una bambina o non era nemmeno nata quando alcune di quelle foto erano state scattate. Jory si era goduta sette anni come figlia unica. Tutte quelle cose rievocavano il tempo che aveva trascorso con i suoi genitori. Con il cuore ancora sofferente, aveva bisogno di trascorrere quel tempo con loro, anche se era solo sulla carta. Le immagini dei loro volti sorridenti confortarono la sua anima. Riusciva quasi a percepire la loro presenza.

Quando scese la ripida scala della soffitta, il sole splendeva e riscaldava il prato anteriore. Nan si era tenuta occupata preparando dieci litri di tè freddo, mentre le ragazze avevano preparato il tavolo. Jory apprezzò il senso artistico di Amber riguardo a cosa dovesse andare dove e a quali tovaglie dovessero usare.

"Cazzo, non abbiamo abbastanza etichette." Amber incrociò le braccia sul petto.

"Ci serve dello scotch e questa tovaglia ha visto giorni migliori. Dobbiamo buttarla. Andiamo al Country Store," disse Jory.

Amber fece una smorfia.

"Forza, ci prenderemo anche un gelato al Frosty Freeze. Offro io."

"Offri tu? Voglio un hot fudge sundae."

Jory scoppiò a ridere. "Va bene."

Salirono nella vecchia auto di Jory e percorsero la strada. Purtroppo, il Country Store aveva terminato tutte le cose di cui avevano bisogno. Presero il gelato e Jory convinse sua sorella ad andare nel grande magazzino a due città di distanza. Durante il tragitto, Amber le parlò di Troy.

"Sta facendo un ottimo lavoro dal ferramenta. Un giorno, diventerà dirigente."

"Si impegna molto?"

Amber annuì. "Oh, sì. Fa più straordinari di chiunque altro. È così che ha guadagnato il denaro per comprarmi quest'orologio", disse, mostrandole il gioiello che indossava al polso.

"Insegnagli a risparmiare. Così potrà comprare una casa e potrete sposarvi."

"Non preoccuparti di me. È di te che devi preoccuparti. Hai bisogno di un uomo. E non di uno pieno di ferite che ti spezzi il cuore. Un ragazzo tutto intero e gentile, che sappia apprezzarti. Tu sei una su un milione, Jory."

I suoi occhi si riempirono di lacrime. "Grazie, cucciolotta."

Come ogni sabato mattina, il grande magazzino era affollato. Le ragazze si divisero la lista di oggetti da comprare e andarono ognuna per la sua strada. Jory prese un cestino e si diresse verso il reparto del bricolage. Amber la raggiunse dopo qualche minuto, con tutto tranne le due cose che avrebbe dovuto prendere.

"Prendi lo scotch e scegli una tovaglia. Io mi metto in fila alla cassa."

Amber annuì. Jory scelse la prima fila che vide. Non le importava che fosse più lunga delle altre, perché sua sorella avrebbe avuto bisogno di tempo per cercare gli ultimi oggetti. Canticchiando la canzone di Julian Lennon, quasi svenne quando guardò la porta. Lì, appoggiato a un bastone e con addosso un paio di occhiali da sole, c'era il sergente scelto Trent Stevens.

JORY SPALANCÒ LA BOCCA. Fece un respiro profondo mentre il cuore iniziava a batterle all'impazzata. Strinse più forte il suo cestino.

Guardandosi intorno per cercare una via di fuga, come un coniglio inseguito da una volpe, la ragazza non sapeva dove andare. Rimase impietrita a guardare il ragazzo. Indossava una T-shirt attillata e un paio di jeans. Col suo fisico alto e slanciato, sembrava bello e sexy come in foto.

Jory non l'aveva mai visto con indosso dei vestiti civili. Non riusciva a smettere di guardarlo. Lui si tolse gli occhiali scuri e incrociò il suo sguardo e il suo cuore smise di battere all'improvviso. Trattenne il respiro, con la bocca asciutta come un batuffolo di cotone, temendo di essere scoperta.

Ma lui non la riconobbe. Come se fosse una totale estranea per lui, lui le lanciò un'occhiata fredda prima di distogliere lo sguardo. Sconvolta che lui non sapesse nemmeno chi fosse, si sentì debole. Ovviamente, non avrebbe potuto riconoscerla. Non l'aveva mai vista prima. Jory non sapeva se esultare o scoppiare a piangere.

Si appoggiò su uno scaffale per sostenersi. Il dolore di essere invisibile per lui era peggiore di quanto potesse immaginare. Era pietrificata. L'uomo dietro di lei la invitò ad andare avanti. Jory uscì dalla fila. Voltandosi verso di lui, gli disse, "Ho dimenticato una cosa."

Trent si muoveva con sicurezza. La sua gamba non sembrava rallentarlo molto. Si stava dirigendo verso uno degli scaffali anteriori. Una voce familiare attirò l'attenzione di Jory. Amber stava parlando mentre percorreva il corridoio fino alla cassa.

Jory fu sopraffatta da una sensazione di panico. Con il respiro corto, fece un cenno a sua sorella e scosse la testa furiosamente per farla fermare dov'era. Amber sollevò lo sguardo, le lanciò un'occhiata inquisitoria e continuò a camminare verso l'ormai inevitabile disastro.

Non appena lei si avvicinò, Jory chiuse gli occhi, ma non poté evitare che Trent la salutasse.

"Jory!" esclamò lui, camminando verso Amber.

Jory spalancò gli occhi.

Sua sorella alzò lo sguardo, confusa. Jory scosse la testa e si portò un dito alle labbra. Amber capì il messaggio e si voltò per affrontare il suo amico di penna, che le si avvicinava rapidamente. Jory borbottò una rapida preghiera, sperando che sua sorella le reggesse il gioco senza esporla.

"Aspetta! Jory. Voglio parlarti."

Amber si mise a tamburellare col piede mentre guardava Jory avvicinarsi di soppiatto, fingendo di esaminare una scatola di detersivo per il bucato. Jory si concentrò su un ammorbidente posto su uno scaffale del reparto in cui Amber si preparava ad affrontare il suo destino. Quando lui si avvicinò, Jory trattenne il respiro, tendendo le orecchie per ascoltare ogni sillaba.

"Sono io, Trent. Non è passato molto tempo. Dovresti ricordarti di me."

"Oh, sì, certo, certo che mi ricordo." Amber annuì, ma aveva un'espressione confusa.

"Voglio solo che tu sappia che so tutto di te."

"Davvero?" rispose lei, con un tono di voce debole e supplichevole.

"Già, ti ho vista in quella decappottabile, mentre baciavi un altro ragazzo."

"Ragazzo? Sicuramente ti riferisci a Troy."

"Non me ne frega un cazzo di sapere il suo nome. Ti ho vista mentre lo baciavi, dopo avermi detto che non stavi frequentando nessuno. Mi hai mentito. Mi hai illuso. Sei venuta a letto con me. L'hai fatto per pietà?"

"Per favore, abbassa la voce", disse Amber arrossendo. "Ascoltami, non so di cosa tu stia parlando."

"È esattamente quello che pensavo che avresti detto. Bugiarda. Stronza."

Jory chiuse gli occhi. Forse era giusto che Amber subisse il dispiacere delle azioni di sua sorella, ma lei non gli era stata infedele. Jory sentì una fitta al cuore. Quello che era cominciato come un semplice inganno, una piccola bugia bianca, era diventata un'intricata rete di bugie.

Jory era dispiaciuta per Trent e adesso il vuoto che provava dentro di sé era sempre più profondo e oscuro. Lui la riteneva una bugiarda, un'imbrogliona e una traditrice. Confessare la verità avrebbe sistemato tutto o avrebbe solo peggiorato le cose? Avrebbe definito anche lei una bugiarda e una stronza? Lei rabbrividì.

"Non so cosa tu voglia dire," disse Amber.

"Oh, davvero?", ribatté lui.

"Davvero. Adesso, se tu potessi spostarti, voglio andare a pagare e andarmene."

"Certamente," le disse, spostandosi lateralmente. "Non mi metterei mai sulla tua strada. Sono sicuro che gli uomini fanno la fila per uscire con te. Perché dovresti uscire con un marine menomato? Io certamente non lo farei al tuo posto. Vai a letto con tutti i ragazzi per i quali provi pietà?"

"Se tu non fossi ferito, ti darei uno schiaffo. Non volevo ferirti. Ascoltami, non ho più nulla da spiegarti. Mi dispiace che le cose siano andate in questo modo. Ti prego di scusarmi. Adesso devo andare. Ti auguro di essere felice." Amber abbassò lo sguardo e si mise in coda alla cassa. Dopo aver lanciato un'occhiata ostile a sua sorella, accettò il posto nella fila che l'uomo che era stato dietro Jory le aveva offerto.

Jory era così vicina a Trent da poter sentire il profumo del suo dopobarba.

Lui si voltò a guardarla. I suoi occhi erano di un bellissimo color nocciola, ma la loro fredda espressione di disgusto le fece raggelare il sangue. "Non le ha mai detto nessuno che fissare qualcuno è da maleducati? Non ha mai visto un uomo con un bastone prima d'ora?" Il suo tono di voce brusco e glaciale la colpì profondamente, ferendola quasi come se lui l'avesse guardata come un'estranea. Sconvolta per l'incontro, continuo a tremare mentre usciva dal negozio.

Nei suoi sogni, non aveva mai immaginato che il loro prossimo incontro sarebbe andato così. Umiliazione e rimpianto ebbero il sopravvento su di lei, mentre pensava a ciò che lui aveva detto. Jory porse il cestino a sua sorella e prese un po' di soldi dal portafoglio.

"Ti aspetto fuori," sussurrò, mettendo le banconote nella mano di Amber.

"Resta qui con me! Sei tu la ragione per cui quell'uomo mi ha umiliata in pubblico."

"Non mi sento bene, voglio tornare in macchina." Frastornata, Jory afferrò l'avambraccio di sua sorella.

"Tutto bene?" Amber le toccò la fronte.

I pensieri si affollavano nella mente di Jory. Fece un respiro profondo, accarezzò sua sorella e riuscì a raggiungere il parcheggio. Si sedette sul sedile del passeggero, perché non se la sentiva di guidare, e chiuse lo sportello con la mano tremante. Appoggiando la testa, chiuse gli occhi.

Dopo qualche minuto, Amber aprì lo sportello. "Vuoi che guidi io?"

"Sì."

"Tu odi il mio modo di guidare."

"Oggi guidi tu." Jory non aprì gli occhi.

"Non ti ho mai vista in questo stato. Va tutto bene?"

"Come ha fatto a vederti insieme a Troy? Al McDonald? Forse è venuto a casa. Tu l'hai visto?"

Amber scosse la testa mentre metteva in moto l'auto. "No."

"Forse eri preoccupata o qualcosa del genere. Di sicuro, ti ha vista mentre baciavi Troy e ha pensato che fossi me."

"Suppongo di sì."

"Ha pensato che lo stessi tradendo. Per questo è sparito. Non perché voleva scaricarmi, ma perché gli hai spezzato il cuore."

"Non io. Io non gli ho spezzato il cuore, sei stata tu a farlo."

"Questa situazione è molto confusa," disse Jory.

"Sei andata a letto con lui? In ospedale?"

"Non sono affari tuoi."

"L'ha sentito tutto il negozio. Quindi sono affari miei. Hai visto le occhiatacce che mi hanno lanciato alcune signore anziane? Avrebbero fatto congelare persino l'inferno."

Jory scoppiò a ridere. "È buffo che tu ti imbarazzi per il sesso."

"Sei fortunata che non gli abbia detto che eri tu. Che cosa pensi di fare adesso?"

"Non lo so."

"Che cosa ti ha detto prima di andarsene?"

"Mi ha rimproverata perché lo fissavo. Ha pensato che lo facessi perché aveva un bastone. Mi ha detto che sono una maleducata. È stato tremendo, cucciolotta", le disse con voce tremante. "Il modo freddo in cui mi ha guardata, come se non mi conoscesse. Come se fossi un'estranea. È stata la prima volta che ho visto un'espressione d'odio nei suoi occhi. Non so che cosa fare." Le lacrime inumidirono gli occhi di Jory.

Sua sorella le accarezzò il braccio. "Non preoccuparti, sorellina. Troverai una soluzione. Adesso ti ammiro ancora di più."

"Davvero?" Jory frugò nella borsetta in cerca di un fazzolettino.

"Fare sesso in ospedale. Fantastico. Nemmeno io l'ho mai fatto."

"Probabilmente è l'unico posto in cui tu non l'abbia mai fatto."

"Chiudi la bocca!" Amber le diede scherzosamente un colpetto sulla coscia.

Quando tornarono a casa, Jory si precipitò su per le scale, fino alla soffitta, e chiuse la porta. Prese in mano una foto dei suoi genitori. "Mamma, papà, ho fatto qualcosa di molto brutto. Ho fatto un vero casino stavolta. Che cosa posso fare? Ho bisogno dei vostri consigli. Per favore, aiutatemi," sussurrò.

Si appoggiò la foto al petto e scoppiò a piangere.

Qualche minuto dopo, Amber bussò alla porta. Jory era distesa sul divano, dove si era appisolata tenendo ancora la foto stretta a sé.

"Ehi, sorellina, aprì la porta."

"Non è chiusa a chiave," rispose Jory con la voce assonnata.

Amber entrò e raggiunse sua sorella sul divano. Le due ragazze si misero a fissare il soffitto, come avevano già fatto in passato. Quello era il posto delle loro discussioni serie. Tutte le conversazioni importanti erano avvenute proprio in soffitta e quella si sarebbe aggiunta alla lista.

"Devi venire al mercatino dell'usato oggi."

"No, non ne ho voglia."

"Ho preparato tutto. Andiamo, gli altri vogliono che tu ci sia."

"Sì, certo. Per esempio chi?"

"Per esempio Laura Dailey."

Jory sbuffò. "E allora?"

"Sei giù di morale. E questo non ti aiuterà. Smettila di commiserarti e scendi giù."

"Dopo quell'incontro, posso concedermi di commiserarmi."

"Ascoltami, perché non lo consideri semplicemente come un piccolo errore, dimentichi tutto e vai avanti?"

"È difficile per me, ero innamorata di lui."

"Lo so, lo eri. Ma non lo sei più."

"Adesso non lo so. Quello di oggi è stato un punto di svolta."

"Allora dimenticatelo. Lui ti ha dimenticata. Devi andare avanti. Forza, Jory. Ho bisogno del tuo aiuto."

Jory sospirò, aggrottò la fronte e si sedette. "Tu hai sempre bisogno del mio aiuto."

"Adesso non stai più qui. Quindi, devo approfittarne quando è possibile."

Jory ridacchiò. "Non cambi mai, cucciolotta."

"Nemmeno tu. Sei ancora la sorella migliore di sempre."

Le due ragazze si abbracciarono e si alzarono dal divano.

"Abbiamo un po' di roba da vendere. Che cominci lo spettacolo," disse Amber, mettendo un po' di fard e un po' di cipria sul viso di sua sorella.

Capitolo Otto

Trent si sedette dietro il volante e guidò verso casa di Dan. Pensava che si sarebbe sentito meglio dopo aver rimproverato Jory, ma non era così. Una parte di lui avrebbe voluto che lei dicesse di aver fatto un errore con l'altro ragazzo e che in realtà fosse innamorata di lui. Ma non era andata così. Si rimproverò per la sua ingenuità, per essere stato un idiota e per aver desiderato che lei tornasse nella sua vita.

Quando Trent tornò, Dan era in giardino ad annaffiare le piante e sollevò lo sguardo. "Ehi, dove sono le cose che avresti dovuto comprare?"

"Oh, merda! Non riesco a credere di essermene dimenticato."

"Come mai? È successo qualcosa?"

Trent si sentì ribollire il sangue. "Puoi dirlo forte", gli rispose, strofinandosi il collo.

Dan smise di annaffiare ed entrarono in casa. Dan si buttò sul divano. "Ti va di parlarmene?"

"No, ma lo farò comunque. Ho incontrato quella stronza di Jory. Non riuscivo a crederci: lei era lì e camminava per il negozio come se non si fosse lasciata alle spalle un uomo distrutto. Sorridente e felice. Se fosse stata un uomo, l'avrei riempita di botte."

"Cosa?"

"Sì. Jory. L'ho anche rimproverata, l'ho rimproverata per bene."

Dan gli diede una pacca sulla fronte. "Non l'hai fatto davvero."

"Sì che l'ho fatto. Se lo meritava. Non vedo quale sia il problema."

"Eri così concentrato a umiliarla e ti sei dimenticato di comprare quello che ci serviva."

"Questo è tutto."

Il telefono squillò e Dan rispose. "È per te."

"Per me?"

"È Jory."

"Quella stronza? Non voglio parlarle," disse Trent, voltandosi dall'altra parte.

"Rispondile, rispondile. Dovresti ascoltarla. Ci sono delle cose che non sai."

"So che è una bugiarda e una traditrice. Che altro dovrei sapere?"

"Dalle un'altra possibilità. Potresti restare sorpreso."

"Davvero?" Trent aggrottò la fronte.

"Non lo faresti per me?" Dan gli porse il telefono.

"Va bene, va bene, ma non ho intenzione di credere alle sue stronzate," disse Trent, rispondendo.

"Trent?" Quella voce era familiare, ma tremante.

"Sì, che cazzo vuoi?"

Dan si allontanò per dare a Trent un po' di privacy.

"Permettimi di spiegarti tutto. Di persona. Un'ultima volta, per favore."

"Perché dovrei farlo?"

"Ci sono delle cose che non sai."

"Ho visto la verità. Che cos'altro c'è da dire? Lo so che ci sono molti ragazzi che ti vengono dietro. Perché dovresti scegliere un rottame come me? È evidente, quindi a che cosa servirebbe chiarire?" Si avvicinò alla base per posare il telefono.

"Aspetta! Aspetta, per favore! Dammi un'altra possibilità."

Lui si riavvicinò il telefono all'orecchio. "Perché?"

"Perché voglio dirti la verità. Ne ho bisogno. Non è giusto nei tuoi confronti. Devo farlo di persona."

"Quindi c'è qualcosa che non so?"

"Sì, è così. Per favore."

"Dove?"

"Sai dove abito, giusto?"

"Giusto."

"Ci vediamo nel giardino sul retro, accanto alle mangiatoie degli uccellini."

"Quando?"

"Tra un'ora?"

"Va bene." Lui riagganciò.

Dan rientrò nella stanza. "Che cosa è successo?"

"Sono un coglione, un vero idiota. Ho accettato di incontrarla. Dice di dovermi raccontare la verità."

"E tu non le credi?"

"Tu lo faresti?"

"Non coinvolgermi in questa storia."

"Tu sapevi tutto, non è vero?"

Dan sollevò le mani. "Mi appello al quinto emendamento."

"Per tutto questo tempo?"

"Non chiedermelo."

"Va bene, va bene."

"Dato che devi uscire, potresti passare al negozio a prendere le cose che hai dimenticato?"

"Ottima idea. Così almeno non sarà tutto tempo sprecato."

"Sono certo che non lo sarà," disse Dan sorridendo.

"L'hai fatto un'altra volta. Mi hai fatto capire che sai cosa sta succedendo."

"Io?"

"Tu. E se non la smetti ti farò confessare tutto." Trent diede una pacca al suo amico.

"Le mie labbra sono sigillate."

"Vado, prima di fare qualcosa di cui entrambi ci pentiremmo." Trent diede a Dan un'altra pacca scherzosa sulla spalla e si diresse verso l'auto.

Mentre era al negozio, non riusciva a fare a meno di chiedersi cosa gli avrebbe detto la sua ragazza traditrice. Mentre era in fila alla cassa, immaginò almeno una dozzina di scenari possibili. Accese la radio, ma non ascoltò la musica finché non sentì le note di "Too Late for Goodbyes".

Era troppo tardi per dirsi addio? Il suo cuore era così innamorato da non poter sopportare di perderla per sempre? La sua mente lottava con le sue emozioni. Nessun uomo sano di mente sarebbe stato con una donna che non riusciva a essere fedele. Avrebbe voluto escluderla dalla sua vita, ma il suo tono di voce implorante al telefono l'aveva colpito. Voleva credere che fosse tutto un errore, ma gli sembrava tutto assurdo. Tutto questo non aveva senso.

QUANDO JORY RIAGGANCIÒ il telefono, si buttò su una sedia.

Nan entrò in cucina. "Qualcosa non va, tesoro?"

"Ho chiamato Trent. Sta venendo qui."

"Oh, mio Dio! Davvero?"

"Sì. Gli dirò tutto. Non volevo farlo al telefono. Penso che sia giusto spiegargli tutto di persona."

Nan abbracciò sua nipote. "È molto coraggioso da parte tua."

Jory si coprì il viso con le mani, singhiozzando. "Non posso scappare e lasciarlo così. Lui pensa che io l'abbia tradito. È orribile! Pensa che io non lo ami e che l'abbia ingannato. Probabilmente si sente una merda." Lei si fermò per prendere fiato. "Non posso lasciarlo così."

"Ti rendi conto che sarà parecchio incazzato?"

Lei annuì. "Lo so, me lo aspetto, ma lo amo e non posso fargli questo. Non posso lasciarlo in questo modo."

"Probabilmente non vorrà sapere più niente di te dopo che glielo dirai. Sei pronta per questo?"

Lei scosse la testa. "Non molto. Voglio dire so che probabilmente lo farà, che mi scaricherà, ma devo farlo. Avrei dovuto farlo molto tempo fa. Persino prima dell'ospedale. E quando abbiamo passato del tempo da soli. Oh, Dio, perché non l'ho fatto allora?" Smise di parlare e scoppiò di nuovo in lacrime.

Nan le accarezzò la schiena. "Forse perché non volevi turbare un ragazzo ferito? Forse perché ti stavi prendendo cura di lui?"

"Forse, ma adesso mi sembra un comportamento così egoista."

"Non lo è stato. Non c'è nemmeno una cellula di egoismo nel tuo corpo."

"È arrivato il momento," disse Jory, guardando l'orologio. "Sarà qui tra quarantacinque minuti."

"Farò in modo che nessuno ti disturbi."

"Disturbarti per cosa?" Amber entrò in cucina con una busta della spesa. "Ho comprato alcune cose per la cucina da Laura Dailey." Non ricevendo alcuna risposta, Amber si guardò intorno. "Che sta succedendo? Chi è morto?" Amber appoggiò la busta sul tavolo e si sedette.

"Trent Stevens sta venendo qui."

"Quel coglione! Che cazzo viene a fare? Non voglio vederlo più..." Amber si alzò di scatto e iniziò a camminare.

"Jory ha intenzione di dirgli la verità."

Amber si fermò. "Veramente?"

Jory annuì.

"Bene! Così potrà scusarsi con me. Cazzo, mi deve proprio delle belle scuse." Lei incrociò le braccia sul petto.

Nan si alzò dalla sedia. "Non penso proprio," disse, mettendo le mani sulle spalle di Amber e guardandola negli occhi. "Non ti avvicinerai nemmeno a loro due durante la loro, ehm, *conversazione*. Vieni con me, cucciolotta. Abbiamo un po' di roba da vendere," disse Nan, sbirciando dalla finestra. "Guarda, ci sono già delle persone al nostro tavolo."

Jory salì le scale fino al bagno e si lavò il viso. Si mise un po' di trucco, si pettinò i capelli e fece un respiro profondo. Era il momento di uscire in giardino. Riempì un grosso barattolo di mangime per versarlo nelle mangiatoie.

Jory riempì prima la più grande, poi la rimise a posto. Nel frattempo, si mise a canticchiare la canzone di Julian Lennon. Dando le spalle alla casa, non vide avvicinarsi Trent, ma lo scricchiolio dei rami sotto i suoi piedi la avvertì della sua presenza.

Il suo stomaco ebbe un sussulto, le mani iniziarono a sudarle e il cuore cominciò a batterle all'impazzata. Si asciugò le mani sugli short di jeans e fece un altro respiro.

"Jory?" disse lui con voce profonda.

Lei si voltò per guardarlo, strizzando gli occhi per un attimo quando sentì la sua voce.

"Sei tu?"

Lei spalancò gli occhi vedendolo arrossire in viso mentre indietreggiava.

"Tu? Tu sei Jory? La donna con la quale mi sono messo a urlare al negozio stamattina?"

Lei annuì.

"Non puoi essere tu," disse lui, scuotendo la testa.

"Sono colpevole." Il dolore si fece strada dentro di lei mentre i ricordi dei vecchi commenti dolorosi della sua infanzia le tornavano in mente. *Tu sei la sorella maggiore di Amber? Non l'avrei mai immaginato.*"

"Allora chi era la ragazza che ho chiamato stronza?"

"Amber, mia sorella. Quella che ti ha mandato la prima lettera. Quella era la sua foto, ma ovviamente l'avrai già capito."

"Quindi mi hai mentito per tutto il tempo?"

Jory abbassò lo sguardo mentre annuiva. "Mi dispiace."

"Ti dispiace?" Trent aggrottò la fronte, con un'espressione arrabbiata. "Perché me lo dici adesso?"

"A causa di un'espressione che ho visto sul tuo viso al negozio. Quando hai pensato che Amber ti avesse tradito. Ti ti sei sentito ferito e ingannato. Non potevo lasciarti in quel modo, proprio non potevo. Era colpa mia se ti sentivi in quel modo."

"Puoi dirlo forte. E adesso ti dispiace?"

"Sì. Amber si era iscritta come corrispondente, ma ha firmato la lettera per te con il mio nome. Fa sempre così, ma questo non importa. Così ti ho scritto, con l'intenzione di smettere di farlo..."

"E allora perché non l'hai fatto?"

Lei sollevò le spalle. "Immagino che mi piacesse ricevere le tue lettere. Tu eri interessante."

"Solo interessante?"

Jory arrossì in volto. "Prima di accorgermene, eravamo diventati amici e anche piuttosto intimi."

"E hai pensato che mentire su di te fosse il modo giusto per restare amici?"

"Sapevo che avresti dovuto passare lì un altro anno in mezzo, e forse prima di allora avresti trovato qualcun'altra, così non avrei dovuto spiegarti niente."

"Andiamo, Jory. Se mi stai dicendo la verità, dimmi tutto." Lui si appoggiò al suo bastone.

"Tutta la verità?" Lei abbassò di nuovo lo sguardo e diminuì il tono di voce. "Non volevo perderti."

Ci fu un attimo di silenzio.

"Sapevo che, una volta saputa la verità, beh, tu non avresti voluto continuare."

"Perché no?"

"Voglio dire, ti aspettavi una ragazza che somigliasse a Miss America, come Amber. Capisci che cosa intendo? Io non sono così. Non sono minimamente alla sua altezza. Lo so benissimo." Lei sbatté rapidamente le palpebre per allontanare le lacrime, mentre faceva a fatica la sua confessione.

Lui la guardò, facendola arrossire per l'umiliazione. Per tutta la vita, le persone l'avevano compatita perché non era carina come Amber.

Avrebbe dovuto esserci abituata, ma le faceva male conoscere la sua opinione sincera, sapendo che era deluso. Ovviamente, lei lasciava molto a desiderare.

"Ti avevo anche scritto una lettera per raccontarti tutta la verità, ma Nan non l'ha spedita. Poi sei finito in ospedale e ho pensato che potessi avere bisogno di me. Così non sembrava mai il momento giusto per dirtelo e non l'ho fatto. So di essere stata egoista, ma volevo farlo, volevo..." Lei fece una pausa, sospirando nel tentativo di rallentare il battito del suo cuore e di controllare le sue emozioni.

"Che cosa volevi?" Lui strinse gli occhi, oscurandosi in volto.

"Volevo stare con te. Forse non avrebbero mai trovato due nuove cornee e tu non l'avresti mai saputo. So che è terribile, ma non potevo farci niente. Ero innamorata di te." Fissando l'erba, il suo coraggio si sciolse al calore del sole. Una sensazione di dolore le attraversò il corpo mentre percepiva la sua rabbia e il suo rifiuto. Perderlo era più difficile di quanto avesse immaginato.

"Eri innamorata di me?"

Lei annuì, senza riuscire a guardarlo.

"E adesso?"

"Non m'innamoro facilmente. E non mi disinnamoro facilmente. So che tu vuoi voltare pagina. Chi potrebbe biasimarti? Di certo non io, ma i miei sentimenti non sono cambiati." Cercò di parlare senza farsi tremare la voce.

"Hai fatto sesso con me. L'hai fatto per pietà?"

"Oh, no. Era tutto reale. Mi sono sentita orribile a farlo senza averti spiegato tutto prima, ma dopo non ne ho avuto il coraggio."

"Perché?"

"Eri tutto ingessato e bendato e non volevo ferirti ma, soprattutto, non ero pronta a perderti."

"E adesso?"

"Beh, ora che mi hai vista... voglio dire, non ne vale la pena. Non mi aspetto che tu sia ancora interessato a me. Tu ti aspettavi una come Amber. Adesso ho un lavoro a Oak Bend e ho preso un appartamento lì. Quindi, non dovrai nemmeno sopportare l'imbarazzo di incontrarmi a Pine Grove. Non passerò molto tempo qui." Lei alzò lo sguardo per un attimo. "Sei arrabbiato e io mi merito questo da parte tua. Lo capisco."

Alzò lo sguardo e vide il suo viso, che non era più rosso come all'inizio.

Fece un respiro profondo. Doveva andarsene prima che lui iniziasse a urlare e a insultarla. Non aveva il coraggio di affrontare la sua furia. Si sentiva già come la peggiore dei bugiardi.

"Adesso sai tutto. Ho pensato che avessi il diritto di sapere. Ti auguro tutto il meglio. Sono felice che tu stia bene adesso. Scusami ancora una volta per averti mentito. Adesso sai anche che Amber non ti stava tradendo. Anche questo dovrebbe farti sentire meglio."

Lui fece un passo verso di lei. Il suo ultimo brandello di coraggio scomparve all'improvviso. Jory si voltò e si allontanò di corsa dal giardino. Le lacrime le scorrevano lungo le guance, annebbiandole la vista.

"Aspetta!" la chiamò.

Ma Jory non aveva intenzione di subire la sua collera. Sapeva di aver toccato il fondo.

Voltò l'angolo e si scontrò con un gruppo di donne e uomini che esaminavano gli oggetti sul tavolo di Nan e Amber. Jory prese un fazzolettino dalla tasca e si asciugò il viso. Si coprì la bocca con la mano, ma non riuscì a trattenere un singhiozzo.

Dopo aver rapidamente osservato la folla, proseguì, corse su per i gradini, sbatté la porta ed entrò in casa. Tornò nella sua vecchia stanza e si gettò sul letto, si strinse al cuscino e scoppiò a piangere.

QUALCUNO BUSSÒ ALLA porta. "Jory. Jory? Vieni fuori, sorellina. Il mercatino è molto divertente. Vieni anche tu."

"No. Vattene via."

"Mi dispiace, Jory. Mi dispiace di averti coinvolta in questa storia con Trent."

"Non è colpa tua, Amber. È tutta colpa mia."

Qualcun altro bussò alla porta. "Posso entrare?" le chiese Nan.

"Ok."

"Amber, per favore, occupati tu del mercatino. Devo parlare con tua sorella."

La donna entrò nella stanza, chiudendo dolcemente la porta alle sue spalle. Jory era distesa sul letto, circondata dai cuscini, a guardare fuori dalla finestra. Nan si sedette accanto a lei.

"È andata male?"

Jory annuì.

"Si è messo a urlare?"

"Gli ho detto tutto e sono andata via prima che potesse farlo."

"Ottima idea."

Jory sollevò la schiena per sedersi. Aveva il viso gonfio e stringeva un fazzolettino in mano.

"Lui voleva entrare a parlarti, ma gli ho detto di aspettare un paio di giorni."

"Oh, grazie a Dio. Non farlo entrare, per favore, Nan." Jory iniziò a tremare e si strinse le braccia al petto.

"Non mi è sembrato arrabbiato. Mi è sembrato preoccupato."

"Sembrava furioso quando l'ho visto l'ultima volta. Terribilmente furioso."

"Forse, quando tornerà, avrai voglia di parlargli."

"Ne dubito."

"Per favore, tieni la mente aperta."

"Non c'è nulla su cui riflettere. Io gli ho mentito. Lui è tremendamente arrabbiato per questo e non vuole stare con una ragazza della quale non può fidarsi. Lo capisco e non lo biasimo neanche un po'."

"Non essere così dura con te stessa."

"Ho fatto una cosa orribile e non posso cancellarla. Ho accettato le conseguenze, ma adesso voglio lasciarmi tutto alle spalle."

"Lo vuoi davvero?"

"Resterò per il mercatino dell'usato, ma domani sera tornerò a Oak Bend."

Nan accarezzò la spalla di sua nipote. "Se sei sicura che questo è ciò che vuoi..."

"Lì c'è il mio lavoro. Prima o poi, mi dimenticherò di lui."

"Perché non lotti per lui?"

"Non c'è nulla per cui lottare. Lui non vuole più saperne di me. Io ho detto lo stesso e lui non l'ha negato. Mi ha solo fatto delle domande."

"Tutto qui?"

Si sentì di nuovo le lacrime agli occhi. "Anche quando gli ho detto che per me non ne vale la pena, lui non ha detto niente. Quando ho detto di non essere all'altezza di Amber, lui non mi ha corretta. Non sono mai stata così dispiaciuta di avere ragione in tutta la mia vita." Jory si passò la mano sul cuore, come se potesse cancellare il dolore.

"È terribile. Mi dispiace molto."

"Grazie."

"Amber si sente terribilmente in colpa."

"Per una volta, non è colpa sua. Sono stata io a fare tutto," disse Jory, accennando un sorriso.

"Amber e io abbiamo deciso di andare al Frosty Freeze a mangiare un hamburger stasera, dopo il mercatino."

"Andate pure, io non ho molta fame."

"Laura Dailey ci ha dato sei dei suoi deliziosi cupcake al cioccolato in cambio della tua sciarpa."

"Bene. Mangerò un po' di zuppa e un cupcake."

"Serviti pure," disse Nan, alzandosi dal letto.

Jory si stiracchiò e prese un libro che aveva iniziato a leggere. Avrebbe dovuto aspettare solo un altro giorno e poi sarebbe tornata nel suo appartamento a Oak Bend. Un'ora dopo, si sentì sollevata. Aveva fatto la cosa giusta, l'unica cosa che aveva temuto per mesi.

La sua storia con il sergente Trent Stevens era finita, ma nel tempo l'avrebbe superata. Il suo sogno stava per realizzarsi, ma era stato spazzato via dall'ondata della verità. Sospirò. Almeno non avrebbe più provato la sensazione di timore di dovergli dire la verità e non avrebbe continuato a vivere in una bugia.

La domenica mattina, fu la prima a uscire sul portico. Espose gli oggetti rimasti dalla prima giornata del mercatino. Mentre sua sorella e sua zia finivano di mangiare le loro uova, Jory continuò a sistemare. Portò fuori la cassetta del denaro, una brocca di tè freddo e dei bicchieri di plastica.

Sua madre le aveva detto che tenersi impegnata era il modo migliore di affrontare qualunque tipo di tristezza. All'epoca, Jory le aveva creduto. Oggi, la distrazione le serviva solo a non pensare alla sua sofferenza.

Il sole splendeva nel cielo, rendendo l'aria piacevolmente calda. Jory si sedette sulla sedia a dondolo di vimini a guardare il viavai delle persone, alcune delle quali uscivano dalla chiesa, mentre altre, che non avevano partecipato alla messa, passeggiavano per la strada.

Lo sceriffo aveva chiuso tre strade perché le persone potessero passeggiare liberamente da una casa all'altra, senza preoccuparsi delle macchine. L'unico veicolo concesso per l'occasione era quello che trasportava gli oggetti più ingombranti, come sedie, divani e letti. Jory salutava con un cenno della testa le persone che conosceva.

Non passò molto tempo prima che si avvicinassero al loro tavolo. Nan e Amber la raggiunsero. La ragazza abbracciò sua sorella maggiore prima di offrirsi di avvolgere nella carta di giornale alcuni oggetti di porcellana. Jory era abbastanza occupata da non accorgersi che Archie Peabody e Marla si stavano avvicinando.

"Dov'è il tuo ragazzo?" domandò una voce familiare.

Jory alzò lo sguardo. "Oh, Archie. Sei tu. Ciao."

"Allora, dov'è?"

"Chi?"

"Quel militare. Quello dal quale sei così presa." Lui la fissò negli occhi con un'espressione spiacevole.

"Che cosa ti importa? Perché sei qui?"

"La mia ragazza, Marla, voleva vedere se per caso avessi deciso di vendere qualcuno dei suoi disegni."

"Come fai a sapere dei suoi disegni?" Jory si mise una mano sul fianco.

"Sembra che sia un artista. Probabilmente è gay."

"È un grande artista e non è gay."

"Oh, giusto. Tu lo sai bene. Sei andata a letto con lui."

Jory si fermò. Porse la cassetta del denaro a sua sorella, che lanciò un'occhiataccia a Archie.

"Credo che tu debba andartene, Archie."

"Perché? Sto solo dicendo la verità. Non riconosceresti la verità nemmeno se te la trovassi davanti."

"E tu che ne sai?"

"Sanno tutti che hai finto di essere Amber per conquistare quel ragazzo."

Jory lanciò un'occhiata ostile a sua sorella, che sollevò le spalle e distolse lo sguardo.

"Non sono affari tuoi. Per favore, vattene, Archie."

"Non sei voluta venire a letto con me, ma l'hai fatto con un ragazzo che conoscevi appena. Sai come chiamano una così? La chiamano sgualdrina," sibilò lui.

La rabbia si mescolò alle lacrime. Jory era felice che non avessero deciso di vendere dei coltelli, perché ne avrebbe volentieri piantato uno nel cuore di Archie, sempre che lui ce l'avesse.

Jory si voltò per allontanarsi, ma lui era dietro di lei. Le afferrò il braccio e lo strinse.

"Ahi! Lasciami."

Lui le girò intorno. "Tu eri la sua sgualdrina e lui ti ha lasciata. Ti ha scaricata. Che sensazione si prova?"

"No, non l'ho fatto. Bada a come parli con lei," disse una voce profonda.

La piccola folla che si era formata lì intorno si voltò e vide Trent mettere una mano sulla spalla di Archie. Il marine lo tenne stretto finché lui non lasciò andare Jory, che lo fissò per un attimo. Scoppiò a piangere e andò di corsa verso la porta di casa.

"Non possono farlo adesso," borbottò, sentendo i sussurri confusi dei commenti della gente.

Mentre saliva i gradini, la folla si zittì. Le persone si voltarono per guardare Archie e Trent. Jory sbatté la porta e si avvicinò alla finestra. Nascondendosi dietro la tenda, rimase a osservare ciò che succedeva all'esterno.

"Che cosa ci fai qui? Pensavo che fosse finita con lei."

"Pensavi male. La signora ti ha chiesto di andartene."

"Lei non è una signora."

"Prova a dire solo un'altra parola e te ne pentirai."

"Mi stai minacciando?"

"Allora l'hai capito! Vattene prima che io ti faccia del male. Sei solo un ometto inutile e irrispettoso. La vita di Jory non ti riguarda." Trent strinse il pugno e avanzò verso Archie.

Il giornalista fece un passo indietro, iniziando a sudare in viso. "È tutta tua."

"Sei ancora qui?"

Jory si mordicchiò il pollice, spostando lo sguardo avanti e indietro da Trent ad Archie.

"Andiamo, Archie. Non dovresti spettegolare in questo modo. Io ti avevo detto di quelle foto in privato. Andiamo, lasciamo in pace queste persone.", disse Marla, prendendogli il braccio.

"Arrivo, ma solo perché sei tu a chiedermelo, Marla," rispose Archie, facendo sentire le sue parole a Trent, che gli si avvicinò, facendogli emettere un urletto prima di allontanarsi velocemente.

Jory sorrise.

"Grazie, Trent. Vado a chiamare Jory," disse Amber.

Il marine le toccò il braccio. "Aspetta, devo scusarmi con te. Mi dispiace per tutte le cose che ti ho detto l'altro giorno."

"Non preoccuparti, lo capisco."

"Grazie. Potresti chiedere a Jory se posso parlarle qualche minuto?"

"Certo." Amber si diresse verso la porta.

Capitolo Nove

Entrando, quasi si scontrò con Jory, che stava aspettando all'ingresso.

"Prima che tu dica qualcosa, non ho intenzione di tornare lì fuori."

"Non fare l'idiota. Non è quello che dici sempre a me?" Amber si mise una mano sul fianco.

"Non la sto facendo."

"Bene. L'uomo dei tuoi sogni vuole parlarti."

Jory scosse la testa. "Non penso proprio."

"A me non sembra arrabbiato."

"Per caso te l'ho chiesto?" ribatté Jory, voltandosi.

"Adesso chi è la femminuccia codarda? Non coinvolgermi, Jory. Vuole solo parlarti."

Jory sbirciò fuori della finestra. Trent era seduto sui gradini. Le persone gironzolavano ancora lì intorno e alcune stavano comprando degli oggetti da Nan.

"Devo tornare lì fuori. Parla con lui. Ti stai comportando in modo infantile," disse Amber aprendo la porta d'ingresso.

Jory seguì sua sorella, fermandosi per appoggiarsi alla ringhiera accanto a Trent.

"Che cosa ci fai qui?" Cercò di non avere un tono di voce ostile, ma non ci riuscì.

"Ieri sei scappata via senza darmi la possibilità di parlare."

"Non avrei potuto sopportare la tua rabbia. Non ci riuscirei nemmeno adesso. Se vuoi arrabbiarti con me, per favore fallo in una lettera." Lei si alzò e iniziò a scendere gli ultimi gradini.

Lui le strinse le dita intorno al braccio. "Non penso che sia giusto, non trovi?"

"Niente è giusto. La vita non è giusta. Quindi?"

"Questo non è né il momento né il posto giusto. Posso venire a trovarti? Magari a casa tua a Oak Bend?"

Lei sospirò. "Immagino che tu abbia il diritto di avere la tua possibilità di infuriarti con me. Me lo merito."

"Dammi una possibilità. Ti prometto che non perderò la calma."

"Va bene, allora. Ecco il mio indirizzo." Glielo dettò mentre lui lo digitava sul suo telefono.

"Questa settimana? Non mi fermerò molto tempo."

"Il tempo sufficiente per ridurmi in cenere," borbottò tra sé. "Venerdì alle sei?"

"Perfetto, a presto allora." Lui si alzò in piedi e le accarezzò la guancia con la mano destra prima di allontanarsi lungo la strada.

Jory si toccò il viso e lo guardò andar via. Zoppicava ancora un po', ma non si notava molto. Si chiese che cosa volesse ancora da lei. Un sorriso le accarezzò le labbra al pensiero di passare del tempo da sola con lui. Anche se tra di loro era finita, forse avrebbero potuto avere un rapporto civile, quasi un'amicizia.

No. Non sarebbero mai diventati amici. Lei non avrebbe mai potuto smettere di volerlo, nemmeno provandoci con tutte le sue forze. Come poteva trattenersi dalla voglia di baciarlo? Gli amici non si baciano in quel modo e Jory non era il tipo di ragazza che voleva una storia di letto. Sospirando profondamente, ritornò al tavolo.

"Jory, su questo non c'è il cartellino. Quanto vuoi per questo ciondolo di legno a forma di cuore?" le domandò Nan.

Quanto voleva per il suo cuore? Non era in vendita.

ALLO STESSO TEMPO, Jory non vedeva l'ora ed era terrorizzata che Trent venisse nel suo appartamento. Per fortuna, aveva cinque giorni molto pieni al giornale. Fece tre interviste e mise giù le prime bozze. Prima di venerdì sera, era tanto stanca da non avere nemmeno la forza di reagire.

Andando velocemente al negozio di alimentari, comprò del formaggio, della frutta e dei crackers. Non sapendo quale fosse il suo preferito, comprò un po' di cheddar e un po' di svizzero, convinta che almeno uno dovesse piacergli. Mentre metteva a posto la spesa in cucina, pensò a tutte le cose che non sapeva di Trent, come quale fosse il suo formaggio preferito. Aprì una bottiglia di Merlot e se ne versò un bicchiere. Aveva bisogno di qualcosa che la aiutasse ad affrontarlo.

Indossò un vestito rosa chiaro, si tolse le scarpe e andò in giro per casa a piedi nudi. Almeno sarebbe stata comoda mentre lui la distruggeva. Ma non l'avrebbe fatto, vero? Accarezzarle la guancia per poi distruggerla con le parole? Ebbe un brivido a quell'idea. Lo stesso brivido che provava quando si sentiva impaurita di andare dal dottore per farsi prelevare il sangue.

Mentre preparava il vassoio di frutta e formaggio, accese la radio e si mise a cantare. Bevve qualche altro sorso di vino e decise che, indipendentemente da come l'avrebbe chiamata, sarebbe sopravvissuta, un po' come quando il preside la sgridava e la metteva in punizione al liceo. Con l'unica differenza che lei non era innamorata del preside.

Il suono del campanello interruppe le sue riflessioni. Guardò l'orologio. *In perfetto orario, da buon militare.* Facendo dei respiri profondi, si diresse verso la porta. Si stiracchiò per allontanare la tensione prima di girare la maniglia.

Lui era lì, con tutta la sua mascolinità. Alto e bello, indossava una camicia button down blu aperta sul collo e un paio di pantaloni kaki. Cercò di resistere alla voglia di accarezzargli il petto. Lui teneva una mano dietro la schiena. Le sorrise, guardandola negli occhi. Stavolta, colse un'espressione calorosa sul suo viso. A quel punto, lui tirò fuori la mano, porgendole un bellissimo mazzo di rose rosa.

"Queste sono per te," le disse, con la voce leggermente tremante.

"Grazie, accomodati." Lei prese i fiori e si spostò per farlo passare. Trent la seguì in cucina, dove prese una brocca da usare come vaso. Sistemò le rose e le mise sul tavolo da pranzo. "Sono stupende, grazie. Birra o vino?"

"Solo un bicchiere. Vino. Se è già aperto. Hai un appartamento molto carino." Lui esaminò la stanza con lo sguardo, soffermandosi sulle porte scorrevoli in vetro che davano sul giardino.

"Ho scelto un appartamento al primo piano per mettere le mangiatoie per gli uccellini." Lei gli versò da bere.

Lui prese il bicchiere, la guardò e poi distolse lo sguardo. Andò sul retro e si fermò a osservare le cince. "Bel gruppetto," disse lui, facendo un cenno con la testa.

"Ho del formaggio, se hai fame," gli disse. "Per favore, siediti."

Lui la raggiunse sul divano. La paura le impediva di guardarlo negli occhi così si mise a fissare il suo bicchiere.

"Sei venuto qui per dirmi qualcosa. Per favore, l'attesa mi sta uccidendo. Come un cerotto, se lo togli velocemente, fa meno male. Quindi, per favore, vuota il sacco e finiamola qui." La minaccia delle lacrime le faceva bruciare gli occhi. Aveva sperato che non le sarebbe più importato di lui quando l'avrebbe visto, ma non era così.

Infatti, avrebbe giurato di amarlo ancora di più quando lo vide davanti alla porta, in tutta la sua bellezza. Si era trattenuta dalla voglia di afferrare il colletto della sua camicia, spingerlo contro la porta e riempirlo di baci. Si strinse al bracciolo del divano, preparandosi alle brutte parole che avrebbe sentito.

"Che cosa credi che io abbia intenzione di dirti?"

"Per favore, falla finita."

Lui le si avvicinò.

Istintivamente, la paura le diceva di spostarsi, ma resistette e chiuse gli occhi. "Per favore, Trent. Questa è una tortura."

"Jory, io..." Lui fece una pausa, fece un respiro profondo, poi proseguì. "Jory, sono rimasto molto sorpreso di scoprire che fossi tu. Sembra strano. Sai cosa intendo."

Lei annuì e bevve un altro sorso di vino. Lui le avvicinò il pollice all'occhio, dove alcune lacrime testarde si ostinavano a restare.

"Ascoltami, non è come pensi. È vero, all'inizio ero furioso. Tremendamente furioso. Mi sono sentito un idiota. Un marine dovrebbe essere più furbo. Essere preso in giro in quel modo. Beh, ho pensato di essere uno stupido."

"Mi dispiace," sussurrò lei.

Trent le mise un dito sulle labbra. "Basta scusarti. Poi ci ho ripensato e mi sono detto: e allora?"

"Eh?" Lei spalancò gli occhi.

"Sì. Voglio dire, non somigli ad Amber. E allora? Io penso che tu sia bella così come sei." Le sollevò il mento per guardarla negli occhi.

Una lacrima le scivolò sulla guancia. "Lo pensi davvero?"

Lui annuì. "Lo penso davvero."

"Tu sei matto."

"No, non lo sono. Ti sei guardata allo specchio di recente?"

"Beh, sì. Tutti i giorni."

Lui le accarezzò i capelli. "I tuoi capelli sono stupendi e i tuoi occhi semplicemente wow. Sono così grandi ed espressivi."

"Sono troppo magra. Non ho tette."

Lui scoppiò a ridere. "Non è quello che ho pensato in ospedale."

Lei si sentì arrossire le guance. "Non come Amber."

"Potevo sentirle sotto le mie mani. E tutto ciò di cui ho bisogno."

"Ma tutte le cose che dicevi nelle tue lettere sul mio corpo e su quanto fossi bella?"

"Già, e allora? Sono ancora valide, ma riguardano te, non Amber. Non conosco Amber, ma conosco te e sei bellissima anche dentro."

"Quindi non sei più arrabbiato?"

"No. Non mi hai mentito nelle tue lettere, vero?"

Lei scosse la testa. "Assolutamente no! Ogni parola era la totale verità."

"Io sono ancora innamorato di te."

"Veramente?" ribatté lei.

"Sì. Sei tu la donna di cui mi sono innamorato e questo non è cambiato."

"Mi perdoni?"

"Solo se mi prometti di non mentirmi più."

Altre lacrime le scivolarono lungo le guance. Trent le asciugò con il dito.

"Te lo prometto."

Lui le si avvicinò e la tirò verso di sé, stringendole le braccia intorno. Lei si rannicchiò, appoggiandogli la guancia sul petto.

"Hai passato un brutto periodo, vero?"

Soffocata dall'emozione, lei annuì.

"Mi dispiace. Se tu fossi venuta a dirmelo prima, sarebbe già tutto un lontano ricordo."

"Sono stata una codarda."

"Avevi paura di me?"

Lei annuì un'altra volta, sopraffatta dalla vergogna.

"Non avere più paura di me. Ho un carattere irascibile, ma sono il tipo che si arrabbia e si calma molto velocemente. Non resto mai arrabbiato molto a lungo e non ti farei mai del male."

"Hai aggredito Amber al negozio."

"Oh, sì. Lascia perdere quell'episodio." Lei gli sentì tremare il petto mentre rideva. "Oops. Mi sono scusato con lei."

"Me l'ha raccontato."

"Credo che, se tu mi tradissi, potrei di nuovo arrabbiarmi in quel modo."

"Non lo farei mai. Non sono una traditrice. Stiamo ancora insieme?" Lei lo guardò negli occhi.

"Spero di sì. Non potrei mai trovare un'altra donna come te."

Lui la baciò, poi inclinò la testa per approfondire il bacio. Un vortice di emozioni fece praticamente cadere Jory dal suo grembo. La sua lingua faceva l'amore con la sua bocca, aumentando il suo desiderio. Lui le strinse i fianchi con le mani, spingendola verso di sé. Il desiderio le scorreva nelle vene, facendole battere il cuore all'impazzata, affannandole il respiro e facendole provare piacere in tutto il corpo.

Jory si fermò. "Forse dovremmo mangiare qualcosa," disse lei, sistemandosi il vestito.

"Posso portarti fuori a cena?"

Lei sollevò la testa. "Magnifico! C'è un piccolo ristorante italiano a conduzione familiare in fondo all'isolato."

"Adoro il cibo italiano."

"Bene, andiamo allora." Jory prese la borsa dal bancone della cucina.

"Ehm, potresti darmi un minuto?"

Lei notò una protuberanza sotto i suoi pantaloni. "Forse dovremmo fare qualcosa prima di cena?"

"Ehm, no. Ho fame e non vorrei fare le cose di corsa."

Lei sorrise. "Per me è perfetto."

Lui le si avvicinò da dietro, le afferrò le spalle e le baciò il collo. "Oh, sì. Sarà davvero perfetto per te."

Quando lui la toccò, sentì un brivido lungo la schiena. "Sono piuttosto veloce a mangiare."

"Ottimo," disse lui, dandole un altro bacio sul collo prima di dirigersi verso la porta. "Odio aspettare."

Jory si fermò in bagno per lavarsi le mani e darsi un pizzicotto. Sembrava che il suo sorriso non volesse abbandonare il suo volto. Cena da Fiorello con dessert in camera da letto. Il cuore le batteva forte nel petto e nelle orecchie e aveva un po' il fiato corto.

Trent le aprì la porta e le prese la mano mentre camminavano verso il ristorante. Jory cercò di concentrarsi sul cibo, ma il suo appetito si era spostato nella parte inferiore del suo corpo. Trent ordinò del vino. Sgranocchiarono dei grissini mentre sceglievano cosa ordinare. Lui ordinò le lasagne e lei un piatto di ravioli.

Lui appoggiò la schiena, le sorrise e sollevò il bicchiere.

"Che cosa stai fissando? Si vede qualcosa?" gli chiese Jory, controllando le bretelline del reggiseno.

"Sto solo ammirando la mia bellissima ragazza."

"E dov'è?" Jory finse di guardare a destra e a sinistra.

"Smettila. I tuoi capelli castani hanno delle bellissime sfumature di rosso. Il tuo viso è perfetto. E il tuo corpo? Beh, riesco a malapena a trattenermi dalla voglia di metterti le mani addosso," disse lui, sussurrando l'ultima parte mentre le si avvicinava all'orecchio.

Lei arrossì per il suo commento piacevole. Gli prese la mano e intrecciò le dita con le sue. Il cameriere portò loro il vino e un piccolo vassoio di antipasti.

"Non l'abbiamo ordinato," disse Trent.

"Lo so, ma lo chef ama le coppie di innamorati. Quindi vi manda questo con i suoi complimenti. *Amore*, eh?" Il cameriere fece l'occhiolino a Trent, facendolo arrossire e scoppiare a ridere.

Mentre piluccavano dal vassoio pieno di bocconcini di salame, formaggio, peperoncini e altre delizie italiane, Jory si schiarì la voce. "Non ci conosciamo molto bene."

"Oh?"

"Penso che dovremmo fare il gioco delle domande. Io ti faccio una domanda, tu rispondi, poi tu mi fai una domanda e io rispondo."

"Mi piace. Prima le signore."

"Ok. Il tuo colore preferito?"

"Blu, il tuo?"

"Rosa. Auto preferita?"

"Maserati. Tu?"

"Rav 4."

"Tocca a me. Canzone preferita?"

"Too Late for Goodbyes," rispose lei.

"Anche la mia!"

Il cameriere arrivò con il loro cibo.

"Ne ho un'altra," disse lui. "Il tuo momento più imbarazzante."

"Sono così tanti che è difficile scegliere," rispose lei, sorridendo.

Continuarono a conversare mentre gustavano quella deliziosa pasta fatta in casa. Jory si confidò con lui, imbarazzandosi diverse volte. Finirono di bere e di mangiare e ordinarono del caffè, proseguendo a parlare.

Alle nove, Trent pagò il conto e si avventurarono nella fresca aria di giugno. Lei aveva i brividi, così Trent le mise la sua giacca sulle spalle. Intrecciarono le dita e tornarono lentamente verso l'appartamento di lei. Lei guardò le stelle ed espresse un desiderio.

"Le persone ti hanno sempre paragonata ad Amber?" le chiese Trent, stringendola a sé.

"Non i miei genitori. Loro non l'hanno mai fatto, ma tutti gli altri sì."

"Nan?"

"Oh, no. Lei non lo farebbe mai. Ma ho sentito spesso frasi come: 'sarebbe impossibile scambiarvi per gemelle' oppure 'Amber è la sorella carina, mentre Jory è quella intelligente.' Cose del genere."

"Cavolo! Dicevano davvero così?" Lui aggrottò la fronte.

Lei annuì.

"Immagino che ti ferissero." Lui le mise un braccio intorno alle spalle.

"Dopo un po', l'ho superato. Ho cominciato ad apprezzare la mia intelligenza." Lei si strinse a lui.

"Io credo che tu sia bella e intelligente." Si abbassò e le diede un bacio sulla testa.

"Grazie." Il profumo della sua camicia appena stirata le stuzzicò il naso. L'idea di strappargliela di dosso le balenò in mente. Lei gli mise un braccio intorno alla vita, ignorando il fremito provocato dal contatto con i suoi muscoli.

Lui la strinse forte, poi la lasciò andare per permetterle di aprire la porta.

Una volta entrati in casa, i due innamorati si gettarono l'uno addosso all'altra. Trent la afferrò, stringendola al petto mentre la sua bocca affamata cercava la sua. In punta di piedi, Jory gli appoggiò le mani sulle spalle e dischiuse le labbra. Il loro bacio divenne sempre più appassionato. Lui le sollevò il vestito, lasciando scivolare le dita sotto l'orlo per sfiorarle la pelle. Lei iniziò ad armeggiare con i bottoni della sua camicia, aprendoli il più velocemente possibile.

Lui si tolse la camicia e la lasciò cadere per terra prima di sfilarle il vestito. Lei lo prese per mano e andò di corsa verso la camera da letto. Mentre lui si toglieva i pantaloni, lei tirò giù le coperte.

"Prendi la pillola?"

"No."

Lui tirò fuori due preservativi e li mise sul comodino. Jory mise le mani dietro la schiena per sganciare il reggiseno, ma lui la fermò con la mano.

"Lascia che lo faccia io, ti prego."

Lei fu sopraffatta dalla timidezza quando si rese conto che, nonostante avessero già fatto l'amore e lui l'avesse già toccata, non l'aveva mai vista nuda.

"Stai arrossendo. Sei imbarazzata? L'abbiamo già fatto," disse lui, sganciandole il reggiseno.

"Ma tu non mi hai mai vista... ehm, senza vestiti."

"Oh! Hai ragione! Beh, allora permettimi di guardarti bene," disse lui ridendo.

Jory ridacchiò, ma si coprì il petto con le mani.

"Andiamo, non fare la timida con me." Togliendosi i boxer, si distese sul letto e gli fece cenno di raggiungerlo.

Senza vestiti, lui era magnifico. Nemmeno Jory aveva visto tutto il suo corpo, con le bende e il gesso. Lei spalancò la bocca.

"Sei bellissimo."

"Gli uomini non sono bellissimi. Le donne lo sono. Vieni qui, magnifica creatura. Lascia che ti ammiri, Jory, tesoro. Non essere timida. Io ti amo."

Le sue parole dolci spazzarono via la sua paura. Lei abbassò le braccia e salì sul letto accanto a lui.

"Adesso, le mutandine."

Lei se le sfilò e le lanciò su una sedia.

"Dio, quanto sei bella," sussurrò lui.

Prima che lei potesse guardarlo, una sua mano calda le scivolò sul fianco e la strinse a sé. Lei piegò le gambe e si distese sulla schiena. Reggendosi su un gomito, lui non riusciva a smettere di guardarla.

"Sei stupenda," le disse, accarezzandole il collo e la spalla prima di avvicinarsi a lei per assaporare le sue labbra. "Queste sono perfette", disse stringendole le dita intorno al seno. Lei appoggiò la mano sulla sua schiena muscolosa e percepì la forza del suo corpo.

Facendo capolino dalla sua spalla, gli guardò il sedere. Non era riuscito a guardarlo in ospedale. Era perfetto e le faceva venire voglia di stringerglielo, ma lui era troppo alto perché lei ci arrivasse. Cercò di abbassarsi, ma non riusciva ancora a toccarlo. Lui sollevò lo sguardo e le lanciò un'occhiata perplessa.

"Il tuo sedere. Voglio stringerlo."

Lui scoppiò a ridere e si sollevò per soddisfare il suo desiderio. Trent appoggiò le sue mani grandi sulla sua coscia. Con una leggera pressione, le fece aprire un po' le gambe e lasciò scivolare lentamente le sue dita dentro di lei, finché il suo pollice non andò a posarsi sul suo clitoride. Lei ebbe un piccolo sussulto.

Lui sorrise. "Dobbiamo recuperare il tempo perduto." Lui iniziò ad accarezzarla, mentre la sua asta dura le premeva sulla coscia. Lei cominciò a toccargliela, muovendo la mano su e giù. Lui le afferrò il polso.

"Fermati, altrimenti mi farai venire."

Lei spostò la mano e sollevò lo sguardo. I suoi occhi erano carichi di desiderio. Le diede un bacio sulla bocca, poi sentì le sue labbra scenderle sul collo, causandole un brivido. Trent lasciò scivolare un dito dentro di lei. Lei strinse gli occhi mentre sentiva crescere dentro di sé quel piacevole dolore.

"Ti piace?" sussurrò, appoggiandole la lingua sull'orecchio.

"Oh, mio Dio," mormorò lei, quasi senza riuscire a parlare.

La sua risatina compiaciuta la fece sorridere. Trent tolse la mano, le aprì le gambe e si inginocchiò lì in mezzo. Le prese il viso tra le mani, poi iniziò ad accarezzarle il collo, soffermandosi sul seno. Dopo un leggero massaggio, le sue dita continuarono a scendere sul suo corpo fino a raggiungere la sua vagina.

"Dio, Trent. Fallo, prendimi. Sto morendo dalla voglia."

"Non ho nessuna fretta."

"Ti prego!" Lei inarcò la schiena, facendo più pressione contro le sue mani. Quando sentì il rumore dello strappo, aprì gli occhi e vide che si stava mettendo il preservativo. Appoggiò la testa sul cuscino, con la fiduciosa soddisfazione che presto sarebbe stato suo, poi sentì la sua lingua accarezzare la sua pelle calda. In preda alla passione, la tensione le si accumulava tra le gambe.

La sua temperatura non faceva che aumentare mentre ardeva dal desiderio. In un lampo, lui si mise sopra di lei ed entrò dentro. La baciò ardentemente mentre muoveva i fianchi. Jory sollevò le ginocchia e lui la riempì completamente. Lei gli appoggiò le labbra sulla spalla e iniziò a gemere.

"Oh, Jory, piccola, piccola, piccola mia," ansimava lui a ogni spinta.

Ogni centimetro del corpo di Jory tremava come se avesse infilato l'alluce in una presa della corrente. Le fiamme del desiderio la bruciavano da dentro, aumentando e crescendo fino a consumarla. Lei contrasse i muscoli mentre lui continuava a spingere, sussurrandole parole dolci all'orecchio. Le chiuse gli occhi e vide tutto rosso, mentre un orgasmo incredibilmente intenso le attraversò tutto il corpo. Agitò i fianchi mentre urlava il suo nome.

Poi, il piacere si fece strada in ogni cellula del suo corpo, fino ai piedi, scorrendo come l'acqua di un fiume nel cuore dell'estate. Lei si mise le mani dietro le ginocchia per mantenere la posizione mentre Trent continuava a muoversi. Alcune gocce di sudore gli cadevano dal petto.

Lui urlò il suo nome, ebbe un fremito e poi si fermò. Lei lo guardò. Aveva gli occhi chiusi e i muscoli del viso rilassati. Esaminò i lineamenti della sua mascella, il suo naso dritto e le sue labbra, così vicine alle sue. Togliendo una mano da dietro il ginocchio, accarezzò la sua guancia morbida. Lui strizzò gli occhi e sorrise.

"Stupendo." Si sedette sui fianchi, uscendo da dentro di lei. Le appoggiò le mani sulle ginocchia per chiuderle. Le diede un bacio su ogni ginocchio prima di appoggiarle le mani sulle cosce, poi sui fianchi.

Prima che lei riuscisse a parlare, Trent si alzò dal letto e andò in bagno. Lei stiracchiò le braccia e le gambe. Un sospiro soddisfatto e un sorriso accolsero il marine quando rientrò nella stanza.

Il materasso si abbassò, segnalando il suo ritorno. Lei si voltò su un fianco. Lui la guardò e iniziò ad accarezzarle i capelli.

"È tardi", disse lui sedendosi.

"Resta qui." Lei gli strinse dolcemente il polso.

"Tutta la notte?" Lui sollevò un sopracciglio.

"Sì, tutta la notte. Tutto il weekend."

Lui sorrise. "Mi hai convinto."

Si abbracciarono. Jory gli mise un braccio intorno alla vita e gli appoggiò la testa sulla spalla. Trent tirò su le coperte e spense la luce.

"Vieni più vicino," le disse.

Lei si accoccolò tra le sue braccia.

"Non lasciarmi mai," gli sussurrò.

"Non lo farò." Lui le diede un bacio sulla testa.

"Me lo prometti?"

"Te lo prometto," le rispose.

Per la prima volta, Jory pensò che forse i sogni potevano avverarsi.

QUEL WEEKEND FU COME vivere in una favola per Jory. I due innamorati cucinarono insieme, diedero da mangiare agli uccellini, andarono a fare una passeggiata nel bosco, guardarono qualche film e fecero l'amore. Sembrava che il tempo si fosse fermato per lei. Da una stupida gara su chi tagliava meglio l'insalata, alla condivisione dei loro ricordi d'infanzia, alla passione tra le lenzuola, i due innamorati stavano vivendo nel loro mondo.

Il suo appartamento cessò di essere una prigione, un luogo di esilio solitario. Era diventato una casa accogliente, piena d'amore e di risate. Trent completava la sua vita come l'ultimo pezzetto di un puzzle da mille pezzi. Quando la domenica dovette andar via, Jory salì in macchina e si diresse verso Pine Grove.

Stare con Nan e Amber e trascorrere con loro la cena della domenica era molto meglio che restare da sola a rattristarsi. Quando Jory arrivò a casa, Nan non era lì, così si distese sul divano per leggere. Dopo un po', si addormentò con Pookie accoccolato dietro le ginocchia.

Il cigolio dei cardini della porta d'ingresso li svegliò. Il gatto si stiracchiò, saltò giù dal divano e scappò via. Jory si sedette, sbadigliò e sorrise a Nan.

"Dove sei stata?"

"Dan e io siamo andati a fare spese. C'erano un paio di mercatini dell'usato che non volevo perdermi." Sua zia appoggiò i sacchetti.

"Ho preparato il tè, ma adesso si sarà raffreddato."

"Possiamo riscaldarlo. Qualcosa non va?"

Jory seguì Nan in cucina. Le due donne si misero a organizzare tutto per il tè. Nan prese un pacchetto dal frigo mentre Jory prendeva i piatti.

"Questi sono gli scones di Laura. Lei ci mette le gocce di cioccolato. Se li riscaldiamo un po' nel microonde, le gocce si sciolgono."

Nan strinse gli occhi guardando sua nipote. "Sembri un gatto che ha mangiato un canarino. Che cosa è successo venerdì?"

Jory sorrise e si sentì arrossire le guance. "Lui si è fermato per il weekend."

"Wow! Lo sapevo, lo sapevo." Nan si mise a ballare per la cucina.

La ragazza ridacchiò. "Come facevi a saperlo?"

Lei sollevò le spalle. "Me lo sentivo. Ho già detto a Dan di tirare fuori il suo smoking per il matrimonio."

"Quale matrimonio?"

"Quello tuo e di Trent," le rispose sua zia, sorridendo.

"Non stai affrettando un po' le cose?"

"Succederà. Dopo tutto quello che avete passato, sono certa che sopravvivrete a tutto ciò che vi porterà la vita."

Jory allontanò la sedia dal tavolo e si sedette. "Sai, è un'ottima osservazione. Non ci avevo pensato. Abbiamo già attraversato molte difficoltà."

"E Trent è ancora insieme a te." Nan prese un pezzetto di scone. "Mi sento tranquilla a lasciarti nelle sue mani."

Jory scoppiò a ridere. "Sei così romantica! Abbiamo appena iniziato a frequentarci."

Nan fece una smorfia e agitò la mano. "Voi due siete fatti l'uno per l'altra."

"Quindi, prevedi il matrimonio per un amore così imprevedibile?"

"Proprio così."

"Dov'è Amber? Voglio dirle che Trent e io siamo tornati insieme."

"Non è qui?"

"No, non c'era nessuno in casa quando sono arrivata."

Le due donne si alzarono dal tavolo e salirono le scale fino alla camera di Amber. Jory aprì la porta imbarazzata, aspettandosi di trovare un terribile disordine, ma la stanza era in ordine come una caserma. Il letto era intatto e ogni cosa era al suo posto. Il tappeto era pulito e i vecchi pelouche erano disposti l'uno accanto all'altro sul letto, vicino ai cuscini. Sulla coperta c'era una busta, indirizzata a entrambe.

Nan la aprì, la esaminò e poi la porse a Jory.

Cara zia Nan e cara Jory,

Sembra proprio che Jory stia per tornare con Trent. Questa è quasi la migliore notizia che potessi ricevere. Qual è la migliore? Troy ha accettato un lavoro come manager di uno dei negozi della sua azienda in Florida. Mi ha chiesto di sposarlo e di trasferirmi con lui a Orlando. Ho colto l'occasione. Pine Grove è un po' troppo piccola per me. Ok, davvero troppo piccola. Amo Troy. Mi tratta bene e sono entusiasta del trasferimento.

Quando leggerete la mia lettera, saremo già arrivati al municipio. So che sognavo un bel matrimonio in grande, ma non abbiamo abbastanza soldi e va bene così.

Inoltre, immagino che Nan possa organizzarlo per Jory e Trent. Noi ci saremo! Ovviamente io sarò la damigella d'onore! Spero che la mia scelta non vi ferisca. Ho pensato di cogliere l'opportunità quando si è presentata. Inoltre, è arrivato il momento che Jory viva la sua vita senza preoccuparsi per me.

Adesso sono adulta ed è arrivato il momento di lasciare casa. Vi amo più di quanto possiate immaginare. Siete la mia famiglia e lo sarete per sempre ma, come Nan mi ha detto una volta, tutti prima o poi dobbiamo andare per la nostra strada e sembra che la mia mi porti a sud. Spero che capiate. Voi siete la cosa migliore che mi sia mai successa, a parte Troy. Riguardatevi.

Con amore,

Amber

P.S. grazie per avermi insegnato a cucinare lo stufato di manzo e i maccheroni al formaggio, zia Nan. Troy pensa che io sia una cuoca fantastica! Non resterà sorpreso?

P.P.S. vi manderò il mio indirizzo il prima possibile. Baci!

Le due donne rimasero in silenzio per lo stupore.

"Stai scherzando?" disse Jory, quando riprese fiato.

"Ha ragione, lo sai."

"Che cosa intendi dire?"

"Non avrai tempo di occuparti di lei. Avrai la tua vita, un marito, dei figli e una carriera."

"Avrò sempre tempo per la mia cucciolotta.", rispose Jory con gli occhi lucidi.

Nan la abbracciò. "Tesoro, fattene una ragione. Avrebbe dovuto lasciare il nido prima o poi. Troy sembra un bravo ragazzo. Il migliore che lei abbia mai frequentato."

"Non ci voleva molto."

Nan sorrise. "A me piace. Mi piace il modo in cui la tratta e, dato che ha ottenuto una promozione, vuol dire che è piuttosto intelligente e che è un bravo lavoratore."

"L'esatto opposto di mia sorella."

"Su, non essere cattiva."

"Non riesco a credere che se la sia svignata in questo modo."

"Ha avuto molto coraggio. Sono fiera di lei. Troverà la sua strada. Dobbiamo darle fiducia."

Jory scoppiò in lacrime.

"Andiamo, tesoro. Non sta cambiando pianeta. La rivedrai. Potremo andare insieme in Florida e tornerà a casa per Natale."

"Immagino di sì ma, adesso che io vivo a Oak Bend, tu resterai da sola."

"Io? Mai. Dan potrà fermarsi a passare qui la notte ogni tanto," disse Nan, sollevando un sopracciglio. "E c'è anche Pookie."

Il gatto miagolò sentendo il suo nome.

"Smettila di cercare scuse. Pensa alla tua felicità, tesoro. Adesso tocca a te."

Capitolo Dieci

Il venerdì sera successivo, Jory mise i tovaglioli sotto le forchette sul suo piccolo tavolo da pranzo. L'aveva spostato accanto alla finestra, in modo che lei e Trent potessero guardare gli uccellini sulle mangiatoie. L'avevano trovata al suo nuovo indirizzo e avevano portato con loro degli amici. Cardellini, cince, picchi muratori, migliarini di palude e un picchio villoso che, di tanto in tanto, cercava un posto dove posarsi.

Aprì la finestra per far entrare l'aria fresca, poi andò a mescolare lo stufato. La ricetta di sua zia Nan era un successo assicurato. Una volta, il suo defunto marito Ben le aveva raccontato che era stato proprio il suo stufato a convincerlo a chiederle di sposarlo.

Aveva ordinato a Laura Daily una torta di carote come dolce. Jory si era presa un po' di tempo per fare un lungo bagno caldo. Aveva messo nella vasca dei sali da bagno e si era spruzzata un po' di quel profumo speciale che aveva attirato l'attenzione di Trent all'inizio della loro storia. Indossò un vestitino di cotone verde acqua e un paio di sandali.

Accese la radio proprio quando trasmettevano la canzone di Julian Lennon. Sì, era proprio d'accordo con lui: era decisamente troppo tardi per dirsi addio. I suoi pensieri si rivolsero ad Amber. Secondo Jory, era troppo tardi per dirsi addio anche con sua sorella. La giornalista si avvicinò alla porta scorrevole in vetro che conduceva sul portico e rimase in piedi a osservare i suoi amici pennuti.

Sicuramente, Amber era stata spesso una seccatura, ma era stata anche la ragione per cui Jory si alzava dal letto ogni mattina. Dopo la morte dei loro genitori, Jory avrebbe voluto nascondersi, sparire sotto le coperte e non uscire mai fuori, ma aveva dovuto occuparsi di Amber. Quando lei aveva appena diciassette anni, sua sorella era stata la sua spinta ad andare avanti. Non era stato semplice, ma ce l'aveva fatta

Si era presa cura di Amber, preparandole il pranzo per la scuola, accompagnandola alla fermata dell'autobus e andandola a riprendere. Le comprava i vestiti, la portava dal dottore e dal dentista ed era diventata la sua seconda mamma, finché non si erano trasferite a casa della zia Nan, un anno dopo essere rimaste orfane. Jory non si lamentava, ma a volte faceva storie su qualcosa di stupido che Amber aveva fatto. Avrebbe voluto che sua sorella fosse migliore, che fosse perfetta, o almeno che ci si avvicinasse, e rimaneva disgustata quando la ragazza dimostrava di essere una comune mortale.

Eppure, Amber e Jory erano una squadra. Le sorelle Walker affrontavano il mondo sempre insieme. L'improvvisa partenza di sua sorella lasciò un vuoto dentro Jory. L'aria fresca la fece leggermente rabbrividire. Non era mai rimasta sola in quegli anni e non era abituata a quella sensazione, che la circondava come una coltre di ghiaccio. Aveva la sua vita e adesso era svanita all'improvviso. Ovviamente, Amber avrebbe detto che Jory non aveva avuto nessuna vita. Forse aveva ragione, ma a lei bastava così.

L'inquietudine invase il suo cuore. Voleva conoscere il suo futuro, dove sarebbe andata e che cosa avrebbe fatto. Sarebbe rimasta in quell'appartamento e avrebbe continuato a lavorare come caporedattrice del giornale per i successivi vent'anni? Aveva bisogno di un nuovo inizio, come Amber, e forse Trent avrebbe potuto farne parte. Ogni notte, pregava che lui avrebbe mantenuto la sua parola e che sarebbe rimasto con lei per sempre.

La sua mente era piena di domande, ma ancora non conosceva le risposte. Ascoltò la loro canzone, decidendo che aveva avuto troppi addii nella sua vita e adesso non voleva più averne. Ritornando in cucina, mise il sale nell'acqua degli spaghetti e aspettò che bollisse.

Quando suonò il campanello, lei sospirò e andò ad aprire la porta. Trent non era mai stato così bello con i suoi jeans attillati, una camicia bianca button down e una giacca sportiva kaki. Aveva un profumo divino e aveva in mano un enorme mazzo di fiori e un pacchetto con una bottiglia.

"Wow. Sei stupenda," le disse, entrando in casa. "Questi sono per te."

Lei gli fece strada fino alla cucina. "Questi fiori sono bellissimi, grazie," disse lei, cercando un vaso nella credenza.

"Mi ricordano te. Diversi tipi di bellezza mescolati insieme."

Lei lo guardò. "Questa è la cosa più dolce che tu mi abbia mai detto." Gli diede un bacio, poi lui la strinse a sé per un altro bacio più appassionato. Lei si appoggiò a lui, indugiando per sentire il profumo fresco della sua camicia appena stirata, che adesso associava a lui, insieme al suo odore.

Sentendo da lontano il rumore dell'acqua che bolliva, si allontanò e ritornò davanti ai fornelli. Dopo aver calato gli spaghetti e avergli chiesto di aprire la bottiglia di merlot che aveva portato, prese due bicchieri.

Trent li riempì, poi sollevò il suo per un brindisi. "Basta addii."

Lei annuì e iniziò a sorseggiare il vino. "Delizioso."

"Solo il meglio per te."

"Sediamoci accanto alla finestra. Scommetto che le cince siano lì."

Lui mise due sedie vicino alla porta scorrevole, vicino al tavolo da pranzo.

"Vediamo un po' chi c'è qui." Si sedette accanto a lei, mettendole un braccio intorno alle spalle. "Guarda, la tua cincia sta scacciando il migliarino," commentò lui, indicando.

"È un po' aggressiva, a volte."

Non fu sorpresa di sentirgli pronunciare i nomi degli uccellini che venivano a cibarsi alle sue mangiatoie. Si avvicinarono ancor di più l'uno all'altra, mentre osservavano i loro atteggiamenti buffi e ridacchiavano. Trent le prese la mano. Non se ne rese nemmeno conto finché il timer non suonò, segnalando che la cena era pronta.

Mentre si si alzava, lui le diede un bacio sulla mano. Se non avesse corso il rischio che l'acqua bollente si rovesciasse sui fornelli, Jory avrebbe potuto perdersi nei suoi occhi meravigliosi, con quelle stupende sfumature di verde.

La conversazione si concentrò sul cibo. Trent mangiò bene, esclamando quanto fosse delizioso. Jory sorrise. Laura Dailey diceva sempre che la prova stava nel piatto e Trent ne aveva divorato una porzione mezza.

Quando Jory disse di aver comprato la torta di carote da Laura, Trent le chiese dei Dailey. La giornalista gli parlò dei più importanti personaggi di Pine Grove. Per fortuna, non ce n'erano troppi.

"Abbiamo parlato di tutto tranne che di noi. Non mi piace girarci intorno. Voglio sapere più cose su di te. Che cosa vuoi? Dove vuoi andare?" Lei appoggiò i gomiti sul tavolo.

"Queste sono domande impegnative," rispose lui.

"E io mi aspetto risposte impegnative," ribatté lei, sorridendo.

"Prima tu," disse lui, riportando la conversazione su di lei.

"Voglio ricreare la famiglia che ho perduto."

"I tuoi genitori?" le domandò.

"Non solo loro. Amber è fuggita in Florida, io non vivo più con Nan. Adesso sono totalmente sola e non ci sono mai stata. È strano."

"Vuoi una famiglia per compensare quello che ti manca?"

"Voglio del fracasso in casa. Voglio risate, voglio abbracci. Voglio la felicità intorno."

"E come pensi di farlo?" le chiese, appoggiando la schiena alla sedia.

"Sposando un uomo che mi ama e facendo un paio di figli."

Lui annuì. "Hai qualcuno in mente?"

Jory distolse lo sguardo.

"Io potrei conoscere qualcuno," ribatté lui.

"Oh?" Lei spalancò gli occhi.

"Non sono più esattamente un esemplare perfetto. Non che io sia mai stato perfetto, ma almeno lo ero fisicamente. Con il mio congedo medico, la mia carriera militare è finita. Non ho molto da offrire. Posso lavorare solo come freelance, ma spero che diventi un lavoro stabile. Non posso correre i cento metri piani, ho un carattere irascibile e vivere con me è complicato..."

"Stai cercando di dissuadermi?"

Lui sorrise. "Sono solo sincero. Non voglio farti credere che il futuro con me possa essere tutto rose e fiori, perché non lo sarà. La ragazza che finirà per stare con me, beh..." La sua voce si affievolì.

"Stai cercando qualcuna che finirà per stare con te?" Lei aggrottò la fronte.

"Gli uomini sono sempre alla ricerca."

"Ma non di una relazione permanente. Di solito, è solo per una notte."

"Alcuni sì, è vero. Non ho mai conosciuto nessuno che rifiutasse di passare la notte con una bella ragazza."

"E tu?"

Lui arrossì più del solito. "Non parliamone. Beh, sai, nell'esercito..."

"No, penso di non volerne parlare." Lei abbassò lo sguardo sulle mani.

Ci fu un attimo di silenzio. Avendo finito la torta, lui si mise a giocherellare con la forchetta. Lei prese in mano il tovagliolo.

"Non stavo cercando nessuna ragazza. Vivevo solo giorno per giorno. Poi sei arrivata tu ed è cambiato tutto."

Lei sollevò la testa. "Davvero?"

"Sì. Tu eri molto di più, eri qualcuno con cui potevo parlare. Sei riuscita a prendermi, prima che rimanessi ferito."

"Non sono *riuscita a prenderti* anche in ospedale?"

"Certo che sì, ma io mi riferisco a prima. Non me l'aspettavo. Mi aspettavo ciò che aveva detto Amber, giusto un paio di lettere e un educato addio. Tu però non l'hai fatto." Trent mise la mano sulla sua. "Io non voglio perderti. Se hai voglia di dare un'opportunità a un uomo distrutto come me, ti darò tutto ciò che ho."

Lei rimase ad ascoltarlo, in cerca di una risposta, poi posò lo sguardo sulla credenza. Un pacchetto catturò la sua attenzione. "Che cos'è quello?"

"Cosa?" Lui si voltò. "Oh, quello. È per te. Non riesco a credere di essermi dimenticato di dartelo." Lui si alzò da tavola, lo prese e glielo porse.

Jory lo scartò. Al suo interno, c'era un libro usato. La sovraccoperta era strappata in un paio di punti. Lei lesse il titolo. Era *World So Wide* di Sinclair Lewis.

"Oh, mio Dio. *World So Wide*! Dove l'hai trovato?"

"A un mercatino dell'usato. Non si trova più nuovo e nemmeno in e-book."

"Te lo ricordavi?"

Lui annuì. "Mi avevi detto che era l'unico libro di Sinclair Lewis che non avevi mai letto. È difficile trovarlo, ma sono riuscito a scovarlo andando in giro tra i mercatini dell'usato."

"Non riesco a credere che te lo ricordassi." Lei scuoteva lentamente la testa mentre sfogliava il libro, in preda all'emozione.

"Mi ricordo tutto quello che mi hai detto e che mi hai scritto." Lui sorrise, con la fronte aggrottata.

Dopo un attimo, Jory si alzò dalla sedia e gli si buttò tra le braccia, singhiozzando.

"Non piangere, tesoro. Sii felice." Lui le accarezzò i capelli. "Ti amo, Jory. Mi hai dato già una possibilità, quindi ti prego di rifarlo."

"Che cosa intendi dire?"

"Permettimi di far avverare i tuoi sogni," le sussurrò. "La settimana scorsa, mi hai chiesto di non lasciarti mai. Non lo farò, non posso farlo. Sposami. Ho bisogno di te. Staremo sempre insieme."

Lei fece un passo indietro per guardarlo negli occhi.

Trent si mise in ginocchio e tirò fuori una scatolina. "Questo è l'anello di mia madre. Se non ti piace, ne compreremo insieme uno nuovo." Lui la aprì per rivelare un semplice diamante rotondo su un'antica montatura in oro bianco.

"È stupendo."

"Jory Walker, ti amo. Sposami. Ti prometto di fare tutto ciò che sia in mio potere per farti vivere bene e prendermi cura di te, per essere un marito fedele e amorevole e restare con te per sempre."

Una sensazione di calore le invase il cuore. "Anch'io ti amo e voglio sposarti."

Lui si alzò e le mise l'anello al dito. Lei sollevò il mento e lui abbassò la bocca sulla sua. Con il cuore pieno d'amore, gli toccò il viso e lui la prese tra le braccia e la portò in camera da letto, chiudendo con un calcio la porta alle sue spalle.

Il sabato mattina, il cinguettio degli uccellini che litigavano davanti alla mangiatoia svegliò Jory. Lei sbadigliò e stiracchiò le braccia. Un sorriso illuminò il suo volto mentre si voltava su un fianco per esaminare la schiena nuda del suo innamorato. Quella era stata la sua migliore notte di sonno dopo mesi, forse anni. Avevano fatto l'amore per tre volte e, per quanto pensasse che sarebbe stata esausta, l'energia le scorreva nelle vene.

Nonostante l'intervento alla gamba, Trent era in ottima forma, come dimostrato dalle sue prestazioni della notte precedente. Il suo entusiasmo nei confronti del suo corpo le aveva fatto provare qualcosa che non aveva mai provato prima. Beh, forse un paio di volte con lui. Crogiolandosi in quel piacevole ricordo, posò lo sguardo sull'anello che portava al dito, poi guardò fuori dalla finestra e osservò le cince che intimidivano aggressivamente i cardellini, sperando di mandar via le piccole creaturine gialle.

Una voce profonda la fece sobbalzare. "Buongiorno, bellezza," disse lui pigramente.

Lei si voltò sul fianco, coprendosi il petto con il lenzuolo.

Trent si appoggiò sui gomiti, avvicinandosi a lei. "Ehi, così mi rovini il panorama," disse lui, abbassando il lenzuolo.

L'imbarazzo la fece arrossire. Lui si chinò per baciarle il seno prima che lei potesse nasconderlo. Il suo tocco delicato la fece eccitare e calmare allo stesso tempo. Trent sarebbe diventato presto suo marito, quindi si disse che non aveva alcun motivo di nascondersi da lui, ma le vecchie abitudini sono dure a morire.

"Sei timida?" le domandò.

Lei annuì. "Un po.'"

Lui ridacchiò. "È una cosa tenera."

"Tenera?"

"Sì, che tu faccia la timida con me. È davvero dolce." Lui appoggiò le labbra sulle sue. "È solo che non riesco a resisterti."

"Non ne hai avuto abbastanza ieri sera?"

"Tesoro, non mi basterà una vita intera per averne abbastanza di te," sussurrò lui.

Fecero l'amore in quella fresca mattina di giugno. Dopo, si coccolarono l'uno tra le braccia dell'altra.

"Jory," le disse, quando il suo respiro tornò alla normalità. "Non avevi detto qualcosa sui pancake?"

Lei scoppiò a ridere, si allontanò da lui e tirò giù le coperte. "Arrivano subito."

Lui le diede scherzosamente una pacca sul sedere mentre lei si alzava dal letto.

QUELLA DOMENICA POMERIGGIO, Jory andò a Pine Grove per cenare con sua zia e fare la lista delle cose da fare per il matrimonio. Nan aveva preparato le ombre.

"Bene, ho cominciato a scrivere una lista. Ecco cosa serve. Comprare i vestiti per te, Amber e me. Fare una lista degli invitati, spedire gli inviti, scegliere il catering, i fiori e un ministro..."

"Wow, rallenta!"

"Quando volete sposarvi?"

"Mmm. Adesso siamo a giugno. Che ne pensi del 15 settembre? Il tempo è ancora bello in quel periodo."

"Non manca molto tempo."

"Ma la lista degli invitati sarà molto breve, giusto?"

"Ci vorrà tempo per il vestito."

"Dove si compra un abito da sposa?"

"Credo che dovremmo assumere Hattie Carter. Che cosa ne pensi?"

"Ottima idea! So esattamente quello che voglio."

Jory preparò dell'altro caffè mentre parlava con sua zia. La *breve* lista degli invitati, che era iniziata con dieci persone, arrivò rapidamente a cinquanta.

"E lei è assolutamente l'ultima persona della lista," disse Jory, incrociando le braccia.

"Non vuoi invitare anche Archie e Marla?"

"Stai scherzando, vero?"

"Certo, lui è uno stronzo."

"Puoi dirlo forte. Ed è anche facile dimenticarsene."

"Dividiamoci i compiti per fare più velocemente."

"Ok, io parlerò con Laura," rispose Jory.

"Lei avrà sicuramente qualche buona idea sul cibo da servire."

"Hai ragione."

"Sono così entusiasta," disse Nan, con gli occhi lucidi.

"Vorrei che Amber fosse qui," disse Jory, con la gola stretta per l'emozione.

"Sarà qui per il matrimonio. Dopo aver letto la sua ultima e-mail, tra lei e Troy va tutto bene."

"Lo so. Sono lieta che sia felice, ma mi manca quella sciocchina."

Nan ridacchiò. "Anche a me. Verrà qui per una settimana prima del matrimonio. Questo dovrebbe darle abbastanza tempo per sistemare un paio di cose."

"Già, e in questo modo mi mancherà un po' meno quando tornerà in Florida."

Jory si fermò a casa di Laura Dailey prima di tornare a Oak Bend.

"Vuoi che cucini per un matrimonio con cinquanta invitati?"

"Gli invitati sono cinquanta, Laura, ma non credo che verranno tutti."

"Dici davvero? Al tuo matrimonio? Le persone faranno di tutto per ricevere un invito. Dovremmo considerarne almeno sessanta."

"Che cosa potremmo offrire?" le domandò Jory.

"Mmm. Il pollo al Marsala è perfetto per molte persone. È facile sia da servire che da mangiare."

Laura nominò qualche altro piatto e fece venire a Jory l'acquolina in bocca prima che la ragazza risalisse in macchina, diretta verso la Route 55.

Nan le aveva messo sul sedile posteriore una dozzina di riviste di abiti da sposa. La futura sposa avrebbe dovuto esaminarle tutte e scegliere un modello in modo che Hattie potesse iniziare a disegnarlo. Arrivò a casa nel tardo pomeriggio. Dopo aver preparato un vodka tonic, prese tre riviste e uscì sul portico a osservare gli uccelli.

Il suo cellulare iniziò a squillare. Era Trent.

"Che cosa stai facendo?"

"Sto guardando delle riviste di abiti da sposa."

"Hai già scelto una data?"

"Il 15 settembre. Pensi di farcela?"

Lui scoppiò a ridere. "Stai scherzando, vero? Ci sarò, piccola, con il mio smoking e tutto il resto"

"Nan lo dirà a Dan e lui ti procurerà i vestiti giusti."

"Ho avuto una buona notizia oggi."

"Oh? Di che si tratta?"

"La Armstrong and Lee Advertising mi ha offerto un lavoro a tempo pieno."

"Oh, mio Dio! Davvero? È stupendo, Trent. È una notizia magnifica."

"Quindi, mi trasferirò a Oak Bend."

"Perfetto!"

"Ho deciso di lasciare la casa di Dan."

"Allora ti trasferirai da me, no?"

"Se per te va bene. Altrimenti possiamo prendere un nuovo appartamento."

"No, no. Vieni a vivere qui. Gli uccellini si sono già abituati. Svuoterò un paio di cassetti e comprerò qualche gruccia."

"Non svuotarne molti, non ho tanta roba."

"Avrai bisogno di alcuni vestiti nuovi se dovrai andare al lavoro ogni giorno."

"Probabilmente. Ti va di venire a fare shopping con me?"

"Mi piacerebbe molto. Quando comincerai col nuovo lavoro? E quando vuoi trasferirti?"

Rimasero a parlare per circa un'ora. Jory non riusciva a smettere di sorridere. Trent passava i weekend nel suo appartamento, ma le mancava terribilmente durante la settimana. Adesso, avrebbero potuto stare insieme tutto il tempo. Il suo cuore era colmo di gioia e la fortuna stava finalmente percorrendo la sua strada.

Jory si sedette a guardare le cince e i migliarini mentre beccavano i semi delle mangiatoie. Non avrebbe mai immaginato di avere la vita che aveva sempre sognato. Dopo la morte dei suoi genitori, superare le settimane era stata una vera lotta.

Sospirò, malinconica ma allo stesso tempo felice. Avrebbe voluto che i suoi genitori fossero lì per partecipare al suo matrimonio. Sapeva che avrebbe pianto perché suo padre non avrebbe potuto accompagnarla all'altare, ma ci sarebbe stata Nan a farlo. Si strofinò gli occhi e rivolse i suoi pensieri alle cose belle che le stavano succedendo. Aprì un'altra rivista, bevve un sorso del suo drink e iniziò a sfogliare le immagini di quei bellissimi abiti bianchi, ognuno dei quali era sempre più bello del precedente.

Prima che finisse di sfogliare tutte e tre le riviste, iniziò a ricevere dei messaggi sul cellulare. George Hanson, del negozio di animali — *spero di essere nella lista degli invitati.* Essie Parker, la sua insegnante del liceo — *so di averti avuta come alunna solo per un anno, ma venire al tuo matrimonio sarebbe molto importante per me.* Homer Thompson, il proprietario dell'*Homer's Restaurant* — *se organizzerai il tuo matrimonio qui, ti farò uno sconto, soprattutto se mi inviterai.*

Chiedendosi come avessero avuto il suo numero, immaginò che se lo fossero passato. Scosse la testa e sorrise.

Jory prese il telefono.

"Nan? Hai presente la lista degli ospiti? Sarebbe meglio considerare settantacinque persone."

Capitolo Undici

13 *settembre, due giorni prima del matrimonio*
Amber uscì da casa presto insieme a Troy. Salirono in macchina.

"Dove dobbiamo andare, piccola?"

"Oak Bend."

Lui si diresse verso la Route 55. Amber aveva i nervi a fior di pelle. Guardando fuori dal finestrino, iniziò a rosicchiarsi le unghie. Aprendo la borsa, controllò il suo portafoglio per la ventesima volta. Sì, i cinquecento dollari in contanti erano ancora lì dentro.

Da quando aveva saputo che Jory stava per sposarsi, Amber aveva iniziato a mettere da parte del denaro. Troy aveva trovato la sua scorta e aveva iniziato a farle domande.

"Non hai intenzione di comprare della droga, vero?"

"Certo che no."

"E non hai nemmeno iniziato a spacciarla, vero?"

"Troy! Non essere ridicolo. Mi servono cinquecento dollari prima del matrimonio di Jory."

Lui aveva insistito per una spiegazione e lei non aveva potuto nasconderglielo. Gli spiegò di aver fatto una cosa cattiva, molto cattiva. Era successo molti anni prima. Quando i suoi genitori erano morti, il medico legale aveva restituito loro l'anello della madre. Sua zia l'aveva conservato. Amber sapeva che l'aveva conservato per Jory, perché potesse indossarlo il giorno del suo matrimonio.

Amber cominciò a sudare. Non si ricordava più perché all'epoca fossero serviti quei soldi, forse per un weekend con gli amici. Ovviamente, Amber non aveva imparato a risparmiare. Dopotutto, allora aveva solo diciott'anni. Aveva cercato in tutta la casa, mettendo a soqquadro la camera di Nan, finché non aveva trovato l'anello, conservato in soffitta.

Si era fatta dare un passaggio da un'amica. Erano andate al banco dei pegni di Oak Bend, dove Amber aveva impegnato l'anello di sua madre per duecentocinquanta dollari. Si era sentita un po' in colpa allora, ma aveva allontanato quella sensazione convincendosi che una ragazza come lei non doveva essere costretta a passare tutti i weekend in un piccolo villaggio come quello.

L'altra giustificazione che aveva trovato era che Jory fosse comunque lontana anni luce dal matrimonio. L'anello era solo conservato lì a prendere polvere. Perché non avrebbe dovuto usarlo? Perché Jory avrebbe dovuto avere tutto? Senza pensarci su, aveva preso l'anello dal suo nascondiglio e l'aveva impegnato.

Dopo essersi resa conto di ciò che aveva fatto, fu sopraffatta dalla vergogna. Sentendosi in colpa, era ritornata lì un paio di volte per controllare se fosse ancora in vendita. Era lì, ad adornare con orgoglio la vetrina. Amber era entrata nel panico quando l'aveva rivisto lì per la prima volta. E se l'intaglio fiorentino avesse catturato l'attenzione di qualcuno? Così era entrata nel negozio e, flirtando con il proprietario, l'aveva convinto a metterlo in una vetrina all'interno del negozio.

Ogni anno, ci ritornava e l'anello era sempre lì. Adesso, era riuscita a mettere da parte il denaro. Avrebbe offerto a quell'uomo fino al doppio di ciò che le aveva pagato per riprendersi l'anello. Mentre Troy guidava, pregò in silenzio che fosse ancora lì.

Se il proprietario avesse rifiutato di venderglielo, avrebbe convinto Troy a spaventarlo per accettare. Doveva riprenderselo. Jory se lo meritava. La loro mamma avrebbe voluto così. Il suo stomaco era in subbuglio mentre si avvicinavano alla cittadina di cinquemila abitanti, non molto lontana da Pine Grove.

"Sei sicura che quel posto esista ancora?" le chiese Troy, fermandosi a un semaforo rosso.

"Spero di sì."

"Sarà un viaggio a vuoto?" Lui la guardò stringendo gli occhi.

"No, no. Te lo giuro. Ho chiamato. Il negozio è ancora lì, o almeno lo era prima che lasciassimo Orlando."

"Ok, volevo solo accertarmene." quando il semaforo diventò verde, lui accelerò.

Amber era grata che suo marito fosse così bravo a guidare. Quel giorno non si sentiva abbastanza calma da mettersi al volante. Si sentiva il cuore in gola mentre si avvicinavano a Main Street. Mancavano solo un paio di giorni al matrimonio. Doveva riprendersi subito quell'anello.

Gli indicò un parcheggio vicino al negozio. Facendosi una corsa per l'isolato, arrivò là davanti e vide un cartello con scritto "Sarò di ritorno tra dieci minuti" appeso sulla porta.

"Merda! È chiuso."

"Aprirà tra dieci minuti. Andiamo a prenderci un caffè, piccola." Troy le prese il braccio.

Amber si sedette accanto alla finestra. Ordinò un caffè, ma lo lasciò quasi intatto, tenendo lo sguardo incollato alla finestra.

"Che cosa succederebbe se non riuscissi a riprendere l'anello?" Troy appoggiò la schiena alla sedia, gustando la sua bevanda.

"Non dirlo nemmeno."

"No, dico davvero. Jory non si sposerebbe? La terra smetterebbe di girare intorno al suo asse? Ci sarebbe un'esplosione e moriremmo tutti?"

"Non hai capito. Ho rubato qualcosa. Sono una ladra. E quello è l'anello di mia madre e dovrebbe andare a mia sorella. La sorella che ha fatto tutto per me. Che a diciassette anni ha messo la sua vita in pausa e ha preso il posto di mia madre. E l'ha fatto per quindici anni. Andrò dritta all'inferno per questo e Jory mi odierà. Capirà che sono solo una mocciosa egoista senza alcuna morale."

"Dubito che questo sia vero."

"Beh, e se ti sbagliassi? Lei è l'unica famiglia che ho."

"E Nan?"

"Mi odierà anche lei."

"Nessuno ti odierà, Amber. Da quello che ho sentito dire a Jory, hai fatto alcune cose un po' folli nella tua vita e sembra che a lei importi ancora di te."

"Ma niente di così brutto e non nei suoi confronti." Gli occhi di Amber si riempirono di lacrime. "Ma che cosa avevo in mente? Non farei mai nulla per ferire Jory. Se non riuscirò a rimediare, lei non mi perdonerà mai."

"Sì che lo farà. Non essere melodrammatica."

"Non mi aspetto che tu capisca. Tu hai una famiglia normale."

Lui scoppiò a ridere. "Nessuna famiglia può essere veramente definita normale."

Amber sobbalzò sulla sedia. "Guarda! Eccolo lì."

"Il tipo del banco dei pegni?"

"Prendi l'assegno e andiamo."

Amber uscì dal locale prima che Troy potesse risponderle. Ridacchiò, scosse la testa e sorrise. Lei non riusciva a stare ferma nell'attesa che il traffico rallentasse per permetterle di attraversare Main Street. Si mise a ballare sul posto, sussurrando un mantra, "Per favore, fa che ci sia ancora, fa che ci sia ancora, fa che ci sia ancora."

Due ragazzi si fermarono con le loro auto per farla passare. Ammirarono il suo fisico mentre camminava. Uno di loro fu abbastanza sfacciato da mettersi a fischiare. Troy, proprio dietro di lei, lo guardò storto e sollevò il pugno.

"Gli uomini sono dei maiali," borbottò, accompagnando sua moglie.

Lei aprì la porta. "Salve, signor Groman, si ricorda di me?"

"Lei? Certo, certo, la ragazza dell'anello."

"Sono tornata e voglio ricomprarlo. Dov'è?"

Amber esaminò ogni vetrina, sopraffatta dall'ansia, ma non lo trovò.

"Oh, quell'anello? Quello con quelle belle incisioni?"

"Sì, proprio quello. Sa quale intendo. La fede nuziale."

"Oh, l'ho venduto. L'ha comprato una coppia un paio di settimane fa."

"Cosa? No, no! Mi aveva detto che non l'avrebbe venduto. Mi aveva detto che avrebbe aspettato che io recuperassi i soldi. Ho il doppio di quello che lei mi aveva dato. Le darò cinquecento dollari! La prego, la prego, signor Groman, deve ridarmi quell'anello."

"Mi dispiace, cara. Sono tempi difficili, lo sa. Qualcuno mi ha offerto trecento dollari e io li ho accettati. Ho bisogno di denaro per pagare l'affitto."

"Chi? Chi? Sa il nome di quelle persone?"

"Sa che non chiedo mai i nomi."

"Hanno pagato con la carta di credito?"

"Io accetto solo contanti, mia cara." Il vecchio gentiluomo le diede una pacca sul braccio.

Amber si mise a singhiozzare, appoggiandosi sul petto di suo marito. "No, per favore, ho bisogno di quell'anello."

Il proprietario del banco dei pegni porse a Troy una scatola di fazzolettini.

Il ragazzo sollevò le spalle. "Grazie, signor Groman. Non la disturberemo più." prese un paio di fazzolettini dalla scatola, la restituì all'uomo e, mettendo il braccio intorno alle spalle di sua moglie, si diresse verso la porta.

Quando risalirono in macchina, Amber si nascose il viso con le mani. Troy mise l'auto in moto e si diresse verso Pine Grove.

"No, lascia perdere, non possiamo andare al matrimonio."

"Che cosa vuoi dire? Vuoi perderti il matrimonio di tua sorella?"

"È esattamente ciò che intendo. Non ho il coraggio di affrontarla."

"È una cosa orribile da fare. È solo uno stupido anello. Non pensarci. Sono certo che a Jory non importi."

"No, adesso torniamo a Orlando." Lei incrociò le braccia sul petto.

Troy accostò lateralmente e si fermò. "Questa è la cosa più ridicola che tu abbia mai fatto, Amber."

"Tu non capisci."

"Pensi che io non capisca? Ho combinato un sacco di guai ai miei genitori. Ho rotto la finestra dell'ufficio di mio padre con una pistola ad aria compressa che non avrei dovuto avere."

"L'hai fatto veramente? Ho sempre pensato che fossi un angioletto."

"Io? Ahah!" Lui scoppiò a ridere. "Papà è venuto a recuperarmi un sacco di volte alla centrale di polizia. La prima volta, avevo quattordici anni."

Amber abbassò le braccia e guardò suo marito. "Come mai non me ne hai mai parlato prima?"

"Quando cerchi di far colpo su una ragazza, non le dici che eri un piccolo delinquente."

"Immagino di no." Lei gli prese la mano.

"So cosa vuol dire combinare casini. E so anche che le persone che ti amano ti perdonano sempre."

"Non lo so. Questo è stato... è stato ... un gesto particolarmente brutto."

"Sono d'accordo. Sei stata completamente egoista e irresponsabile. Adesso ti senti meglio?"

"Grazie mille!"

Lui le accarezzò il braccio. "Piccola, sai che non lo penso veramente. Io ti amo. Ma hai combinato un casino. Può capitare a tutti. Forza, dobbiamo andare al matrimonio. Tu devi esserci. Jory ci resterà molto male se non ci andrai."

"Suppongo di sì." Lei si guardò le mani.

"Sai che ho ragione." Lui si sporse per darle un bacio.

"Sì, lo so. Tu hai sempre ragione."

"È per questo che mi hai sposato," rispose Troy, riaccendendo il motore.

"Per questo e perché sei terribilmente sexy," aggiunse lei.

Lui scoppiò a ridere mentre riportava l'auto sulla Route 55, diretto verso Pine Grove.

15 SETTEMBRE — IL GIORNO del matrimonio

Nan Edwards chiamò Dan MacMurray, il suo fidanzato. "Ho bisogno di un vodka tonic, subito!"

"Perché?"

Lei gli lanciò un'occhiata ostile. "Niente domande. Prendilo e raggiungimi in soffitta."

Lei salì le scale e aprì una delle finestre per far entrare un po' d'aria fresca. Sollevando il lenzuolo che aveva messo per proteggerlo dalla polvere, si sedette sul vecchio divano che era appartenuto alla famiglia Walker. Dopo essersi buttata su un cuscino scomodo, si chiese perché l'avesse conservato. Nessuna di loro due ne ha bisogno. "Promemoria. Chiamare l'esercito della salvezza domani e farlo portare fuori da qui."

Un suono di passi annunciò l'arrivo di Dan. Lui aveva due bicchieri in mano.

"Uno per me e uno per te?"

"Ho pensato che potessi volerne più di uno," rispose Dan.

"Buon Dio, perché?" Lei prese un bicchiere dalle sue mani.

"Beh," cominciò lui.

Nan sollevò la mano. "Aspetta." Dopo averne bevuto un sorso, disse: "Ok, adesso parla."

"È arrivato il fioraio. Gli ho detto che avevi ordinato fiori rosa, ma lui continua a giurare che li avessi ordinati bianchi. Gli ho mostrato la ricevuta che mi avevi dato."

"Merda! Che idiota! Non legge nemmeno gli ordini. Adesso non possiamo fare più niente."

"Già, vuoi che me ne occupi io?"

"Sarebbe stupendo. Sai dove vanno messi? Jory sarà qui in giro e potrà aiutarti." Lei gli prese il viso tra le mani e lo baciò. "Come farei senza di te?"

Lui sorrise. "Non ne ho idea."

"Oh, a proposito, potresti chiedere ad Amber di salire?"

"Vuoi anche questo drink o lo riporto giù?"

"No, lascialo qui. Penso che Amber possa volerlo. Grazie, Dan, tesoro. Mi hai salvato la vita."

Nan si alzò in piedi e tolse il resto del lenzuolo. Lo mise da parte sul pavimento, poi si avvicinò alla finestra e fece un respiro profondo. Alcuni passi più leggeri sulle scale di legno indicarono l'avvicinarsi di una donna. Amber entrò in soffitta. Era pallida e aveva uno sguardo sfuggente.

"Siediti, Amber, tesoro. Credo che ci sia qualcosa di cui dobbiamo parlare."

La ragazza, solitamente loquace, si sedette rapidamente sul divano senza pronunciare una parola.

"Puoi prendere quel drink, se ti va," disse Nan, prima di avvicinarsi il bicchiere alle labbra.

La ragazza lo prese e ne bevve un sorso, poi un altro.

"Sei nervosa?"

Lei scosse la testa, si fermò e annuì. "Certo. Mia sorella sta per sposarsi."

"Tutto qui?" Nan aggrottò la fronte mentre Amber non faceva che tremare, poi si sedette sul divano.

"Certo."

Prima o poi, anche un gatto smette di giocare con la sua preda e cerca di ucciderlo. "So quello che hai fatto."

Amber guardò sua zia spaventata. "Non lo dirai a Jory, vero?"

Nan scosse lentamente la testa. "Ovviamente no."

"Grazie, grazie davvero, Nan. Grazie." Amber prese la mano di sua zia tra le sue. "Ci inventeremo qualcosa."

"Non dobbiamo mentire. Ho l'anello proprio qui con me." Nan tirò fuori la piccola fede d'oro da una scatolina che aveva conservato nella tasca della sua giacca di seta rosa. La prese in mano.

Amber spalancò gli occhi e la bocca. "Dove l'hai preso?"

"Un piccolo banco dei pegni a Oak Bend."

"Sei tu che l'hai comprato?"

"L'ho comprato il giorno dopo che l'hai impegnato."

"Come facevi a saperlo?"

"Dove altro avresti potuto prendere i soldi per quel viaggio?"

"Ehm." Amber annuì. "Ma è rimasto al negozio per anni."

"Hai ragione. L'ho comprato e ho chiesto a quell'uomo di tenerlo in vetrina senza venderlo a nessuno."

"E perché l'hai fatto?"

"Perché così, se tu fossi andata a controllare, avresti visto che era ancora lì."

"Perché?"

"Per farti stare calma."

"Mi dispiace molto, Nan. Sono stata stupida ed egoista."

Sua zia le accarezzò il braccio. "Non preoccuparti, l'abbiamo ripreso. Volevo che sapessi che io sapevo."

"Mi sono spaventata a morte. Troy e io siamo andati lì per ricomprarlo. Avevo messo da parte cinquecento dollari è l'anello non c'era più. Mi è quasi venuto un infarto."

"Mmm, un amore imprevedibile nei confronti di tua sorella! Cinquecento dollari? Impressionante. Hai fatto ammenda. Adesso, non pensiamoci più."

"Ecco," disse Amber, porgendo il mucchio di banconote a sua zia.

Nan gli toccò con la mano. "Tienili pure, cucciolotta. Mettili in banca e conservali per un momento di difficoltà."

"Grazie. Eppure, continuo a pensare che dovrei dirlo a Jory."

"Questo dipende da te." Nan sollevò il bicchiere per finire il suo drink.

Sentirono il suono di altri passi che si avvicinavano. Jory le raggiunse. "Dan mi ha detto che eravate quassù."

Amber trangugiò il resto del suo drink. "Jory, c'è una cosa che devo dirti. Faresti meglio a sederti."

Nan strinse la mano della ragazza.

"Aspetta un attimo. Nan, hai l'anello?" le domandò Jory.

"Proprio qui," rispose sua zia, toccandosi la tasca.

"Si tratta dell'anello, Jory," cominciò a dire Amber.

Sua sorella le lanciò un'occhiata inquisitoria.

"Quando avevo diciassette anni, l'ho impegnato per avere i soldi per partecipare a uno stupido viaggio. Mi dispiace. Non avrei mai dovuto prenderlo," disse Amber tutto d'un fiato.

"Ma Nan ha detto che ce l'ha lei."

"L'ha ricomprato prima che io potessi farlo. Mi dispiace, mi dispiace molto. Non avrei mai dovuto farlo. Avremmo potuto perderlo e sarebbe stata tutta colpa mia." Amber strinse un fazzolettino tra le mani.

"Dato che l'abbiamo qui con noi, il problema non si pone," rispose Jory, avvicinandosi a sua sorella.

"Riesco a essere davvero egoista a volte," disse Amber, mentre le lacrime le scorrevano sulle guance. "Ti meriti una sorella migliore di me."

Jory la abbracciò. "Nessun problema, cucciolotta. Ti conosco. Ti voglio bene e non potrei sostituirti con niente o nessuno."

Amber appoggiò la testa sulla spalla di sua sorella.

"Era questo che ti turbava?" le chiese Jory.

Amber annuì. "Troy ha detto che non saresti rimasta arrabbiata molto a lungo."

"È un bravo ragazzo. Mi piace e ha ragione."

"Ma era di mamma e doveva essere tuo. E te lo meriti."

"Lo so, ma se non ci fosse stato Trent e io io ci saremmo sposati comunque."

"Ma mamma..."

"Mamma amava entrambe. Lei è qui con me. Riesco a sentirla. Nessun anello e nessun oggetto possono allontanarla dal mio cuore. Quindi, sì, è vero, non avresti dovuto farlo, ma va bene lo stesso e, se Nan non l'avesse ricomprato, avremmo fatto la cerimonia senza."

"Avevo messo da parte cinquecento dollari per ricomprarlo, ma era già stato venduto."

"Si è anche presa un bello spavento." Nan ridacchiò.

"Puoi dirlo forte, mi è quasi venuto un infarto." Amber si appoggiò una mano sul fianco.

Jory sorrise. "Allora suppongo che tu abbia pagato il tuo errore, non è vero?"

"Suppongo di sì."

Le tre donne si abbracciarono e sorrisero.

"Ti prometto che non rifarò mai più una cosa del genere." Amber fece l'occhiolino a sua sorella.

"So che non lo farai. Ti perdono, cucciolotta. A proposito, riguardo a Troy, non fartelo mai sfuggire."

"Non è un uomo stupendo?" Amber sorrise. "Ho la sorella, il marito e la zia migliori del mondo."

"Credo che presto ci sarà un matrimonio e questa ragazza deve vestirsi," disse Nan, dirigendosi verso le scale.

Le donne scesero i gradini fino alla vecchia camera di Jory, per preparare la sposa per il suo grande giorno.

JORY PASSEGGIAVA NERVOSAMENTE nello studio del pastore della chiesa di Pine Grove. Il pastore Carlson era andato a fare il sopralluogo e adesso la sposa stava aspettando che gli ospiti si sedessero. *Sto facendo la cosa giusta, quindi perché sono così nervosa?*

Sua zia entrò nella stanza con una bottiglia aperta di champagne e un bicchiere. "Credo che tu debba berne un po'," disse, versandone un po' nel flute.

"Mi hai salvato la vita. Come facevi a saperlo?" Jory ne bevve un bel sorso.

"Ero nervosissima il giorno che ho sposato tuo zio."

"Ben? Ma voi due eravate fatti l'uno per l'altra."

"Il matrimonio è un grande passo. Rende nervose le persone. È così che funziona." Nan sorrise.

La sposa bevve un bel sorso della bevanda frizzante. "Ho i nervi a fior di pelle."

"Non avrai mica dei dubbi su Trent, vero?"

Jory si fermò, inclinò leggermente la testa e fece una pausa. "No, non ne ho. Lui è l'uomo giusto."

Nan fece un sospiro di sollievo. "Bene. È un uomo fantastico e penso che tu abbia fatto la scelta giusta."

"Sicuramente la nostra storia è iniziata in modo un po' strano. Riuscite a immaginare la risposta se qualcuno ci chiedesse come ci siamo incontrati?"

Si guardarono e scoppiarono a ridere.

Amber entrò e chiuse la porta alle sue spalle. Indossava un vestito lungo rosa scuro. Nan indossava un tailleur rosa più chiaro.

"Sei bellissima, Jory," disse sua sorella.

Jory si guardò allo specchio. "Non male."

L'abito lungo era di broccato bianco. Le avvolgeva il busto con una scollatura a forma di cuore e aveva le maniche corte. Era morbido sui fianchi, permettendole di muoversi liberamente. La gonna di taffetà bianco frusciava mentre camminava.

Un'acconciatura elaborata teneva su i suoi capelli castani, mettendo in mostra il suo lungo collo. Indossava una collana di perle bianche che le aveva prestato Nan e una giarrettiera blu che le aveva dato Amber.

Qualcuno bussò tre volte alla porta per avvertirle che tutti gli ospiti erano seduti e che erano pronti a cominciare. Amber prese il suo bouquet bianco. Un grande mazzo di fiori rosa aspettava la sposa sul tavolo del pastore. Nan avrebbe accompagnato Jory all'altare.

Amber abbracciò sua sorella. "In bocca al lupo," disse prima di uscire. Le note delle *Quattro stagioni* di Vivaldi iniziarono a risuonare nella stanza. Jory fece alcuni respiri profondi. La musica si fermò e le due donne si diressero verso la porta.

"Sei pronta, tesoro?" Nan sollevò un sopracciglio guardando sua nipote.

"Sono pronta."

Le note melliflue della *Marcia nuziale* di Mendelssohn raggiunsero le orecchie di Jory. Lei deglutì, prese il braccio di Nan e iniziò a percorrere la navata.

"Ricordati di non correre," Nan sussurrò. "Da' a tutti la possibilità di ammirare la tua bellezza."

Jory sorrise a sua zia prima di rivolgere lo sguardo verso l'altare. Sentiva i nervi a fior di pelle mentre osservava Trent. Lui era lì, estremamente bello con il suo smoking nero. Una sensazione di sollievo le attraversò il corpo.

I loro sguardi si incontrarono e lui le sorrise calorosamente, avvicinandosi un po'. Lei guardò rapidamente le persone sedute in chiesa. Quei volti familiari e sorridenti le davano coraggio. Mentre si avvicinava all'altare, Trent fece qualche passo in avanti e le porse la mano.

"Chi concede questa donna in matrimonio?" chiese il pastore.

"Sua madre, suo padre e io," disse Nan, con gli occhi lucidi.

Un dolore acuto ebbe il sopravvento su Jory quando sentì nominare i suoi genitori. Le lacrime minacciavano di uscirle dagli occhi, ma lei le trattenne. Trent le prese la mano e le resse anche il gomito.

"Va tutto bene?" Lui le si avvicinò, mettendole un braccio intorno alla vita.

Lei si appoggiò a lui per un attimo, poi fece un respiro profondo. Quando si risollevò, gli afferrò l'avambraccio. Lui aggrottò la fronte.

"È tutto ok, sto bene adesso," sussurrò lei. Sperava che lui sarebbe stato lì a sostenerla ogni volta che ne avrebbe avuto bisogno.

Si sistemarono davanti al pastore, raddrizzando la schiena. Amber si avvicinò e prese il bouquet di Jory. La sposa intrecciò le dita con quelle di Trent mentre la cerimonia cominciava. Sentire la sua mano che stringeva la sua la fece calmare. Lui la guardò, aggrottando la fronte. Lei sorrise e lui ricambiò, anche se avrebbe preferito un abbraccio.

Jory sollevò la mano. "Pastore Carlson, potrebbe fermarsi un momento?"

Ci fu un brusio tra la folla quando il reverendo si fermò e alzò lo sguardo. "Certamente, Jory." Lui chiuse il libro, usando il dito per non perdere il segnale.

Trent guardò preoccupato la sua sposa. "Che cosa sta succedendo? Va tutto bene?"

"Ho solo bisogno di un abbraccio, un grosso abbraccio," disse Jory, con la voce tremante.

Trent la prese tra le braccia e la strinse forte. "Dimmi quando ti senti pronta," le sussurrò.

Jory chiuse gli occhi e gli appoggiò la guancia sul petto. Il suo profumo era un misto di sapone, di dopobarba e di mascolinità. La protezione del suo abbraccio la fece calmare. Quando riacquistò le forze, sollevò lo sguardo e osservò il marine, che sarebbe diventato il suo compagno di vita.

"Sono pronta."

"Bene," disse lui, ritornando al suo posto.

"Sei pronta, Jory?" le chiese il ministro, sollevando le sopracciglia.

"Sì." Lei sorrise e annuì, stringendo la mano di Trent.

"Siamo qui riuniti..." proseguì il pastore.

La maggior parte della cerimonia fu confusa per Jory. La coppia aveva deciso di evitare di mettere per iscritto delle lunghe e mielose promesse. Erano d'accordo che mantenere privati i sentimenti che provavano l'uno per l'altra fosse più nel loro stile.

Quando il reverendo Carlson si schiarì la voce, Jory scattò sull'attenti, ascoltando la fine della frase che aveva appena pronunciato e rispondendo, "Lo voglio." Trent aveva mantenuto una maggiore attenzione e rispose perfettamente in tempo con il suo "Lo voglio." Dopo alcune altre parole, che per quanto riguardava Jory avrebbero potuto essere pronunciate anche in turco, si scambiarono gli anelli.

Quando Trent prese l'anello di sua madre, due lacrime scivolarono lungo le guance di Jory. "Mamma," sussurrò, prima di porgere la mano tremante al suo sergente. Dopo aver indossato l'anello, lui le prese la mano e se la portò alle labbra.

Il suo tocco e il suo sguardo comprensivo le scaldarono il cuore. Lui l'aveva *presa*. La loro comunicazione silenziosa la rassicurò che quel matrimonio fosse la scelta giusta. Quando la cerimonia riprese, i pensieri di Jory erano totalmente concentrati su Trent. Esaminando mentalmente le sue buone qualità, quasi non sentì l'annuncio che erano diventati marito e moglie.

"Eh?"

Lui si schiarì la gola. "Adesso stai ascoltando?"

Lei annuì, sentendosi arrossire mentre il pubblico ridacchiava.

"Bene. Adesso vi dichiaro marito e moglie. Può baciare la sposa."

Lo sposo fece un ampio sorriso mentre si abbassava per darle il bacio più bello della sua vita. La folla rideva, applaudiva ed esultava. Jory sentì dei gridolini di gioia mentre stava tra le braccia del suo novello sposo.

Quando si separarono, l'organista iniziò a suonare l'inno di chiusura. Amber restituì il bouquet alla sposa. Jory e Trent si scambiarono sguardi felici e sollevati mentre ripercorrevano la navata. Non c'era più bisogno di avere fretta, perché la cerimonia era conclusa. Uscirono al sole in quella giornata di inizio autunno. Una limousine li stava aspettando. Trent la aiutò a scendere i gradini della chiesa con il suo abito lungo. Frustrato, alla fine decise di prenderla in braccio e di portarla in macchina. Gli spettatori si misero a ridere e a esultare.

"Spero che Laura abbia finito di preparare tutto," disse lei.

"Laura Dailey? Vuoi prendermi in giro? Ho sentito dire che è la persona più organizzata di tutta la contea," disse Trent, prendendole la mano e salutando dal finestrino aperto. I negozianti uscirono dai loro negozi per salutare gli sposini mentre passavano. Una volta arrivati a casa, Jory attraversò il giardino e si trovò davanti una scena che la sorprese.

C'erano fiori dappertutto e un arco rivestito di rose bianche conduceva al giardino sul retro, punteggiato di tavoli rotondi adornati da tovaglie rosa, che potevano ospitare otto persone. Sulla sinistra c'era un lungo tavolo, colmo di hors d'oeuvres freddi e di scaldavivande che mantenevano il cibo caldo. In fondo, un trio stava accordando gli strumenti su un palco improvvisato, costituito da una grande pedana di legno.

Trent le prese la mano e lei si voltò per guardarlo.

"Non ti sei pentita, vero?", le chiese con tono preoccupato.

"Pentita di averti sposato? Mai. Non sono mai stata così felice." Lei si mise in punta di piedi per dargli un bacio sul suo bel viso.

"Sei bellissima. Eri stupenda mentre percorrevi la navata."

Laura Dailey e Nan Edwards si affrettarono insieme verso la porta sul retro, poi si fermarono. Nan la attraversò per prima. Iniziò a occuparsi delle persone e a farle sedere, mentre Laura si occupava del cibo.

"Sarà una festa stupenda," sussurrò Jory al suo nuovo marito.

Lui sorrise, mettendole un braccio intorno alle spalle. Una sensazione di leggerezza colse la sposa. La solitudine era svanita dalla sua vita. Aveva chiuso quel capitolo ed era pronta ad affrontarne uno nuovo con la gioia del cuore. Recitò una preghiera in silenzio, poi iniziò ad accogliere gli ospiti.

Le persone si spostarono per far passare il pastore e sua moglie. Lui prese la mano della sposa e la tenne per un momento. "Ho solo una domanda da farti, Jory. Come vi siete conosciuti?"

Epilogo

O*tto mesi dopo*
Jory e Trent avevano trascorso la notte a casa di Nan. La città aveva organizzato un mercatino dell'usato in occasione della festa della mamma e Jory avrebbe aiutato Nan a prepararlo. Sua zia era determinata a liberarsi della roba che aveva accumulato per trent'anni in soffitta e in cantina.

Amber se ne era lavata le mani ed era rimasta a Orlando. Trent sistemò i tavoli e trasportò la roba pesante. Jory e Nan esposero gli oggetti, tra cui un vassoio di brownies, presero due sedie e si misero ad aspettare.

Trent prese un dolcetto dal vassoio. "Penso che i membri dello staff debbano mangiarne uno."

"Serviti pure," disse Nan.

Non passò molto tempo prima che qualcuno cominciasse ad avvicinarsi. C'era un forte brusio di persone, che si scambiavano informazioni e pettegolezzi. Due donne si fermarono al loro tavolo, osservando gli oggetti esposti.

"Jory, hai sentito di Jackie Tremont?"

La giornalista scosse la testa.

"È andata via un anno e mezzo fa. A vivere nel peccato con quell'uomo ricco. È così vecchio che potrebbe essere suo padre," disse Cindy Kallek.

"I suoi genitori sono scandalizzati," disse Judy Turner.

"Ho saputo che non vogliono più parlarle."

"Non le parlano più da un anno, più o meno," precisò Judy.

"È terribile. Niente dovrebbe ostacolare il rapporto tra un genitore e un figlio," osservò Jory.

"Quando un figlio supera il limite..." cominciò a dire Cindy.

"Giusto! Alcuni figli sono solo mele marce," la interruppe Judy.

"Non Jackie! Lei ha frequentato Trevor Fulton per molto tempo. Ero sicura che si sarebbero sposati."

"Già, proprio una mela marcia. Aveva una storia perfetta con Trevor. Lui avrebbe fatto qualunque cosa per lei, ma per lei non era abbastanza. No, lei voleva stare con un multimilionario," disse Cindy, frugando in un cestino di cianfrusaglie.

"Che tipi di libri avete?" chiese Judy. "Non sarei rimasta sorpresa se quel ragazzo l'avesse scaricata per qualcun'altra. Lei non era decisamente un affare d'oro. Non riesco proprio a capire cosa ci avesse visto in lei. Oh, Jory, prendo questo."

Le due donne pagarono i loro oggetti e si allontanarono.

Jory sospirò. "Sono felice che quelle due pettegole se ne siano andate. Accidenti, che cattiveria!

E se Jackie si fosse innamorata di quell'uomo e volesse stare con lui, a loro cosa importa?"

"Sono d'accordo. Era anche piuttosto attraente," aggiunse Nan.

"Nan! Veramente? Dan sa quello che pensi?" Jory ridacchiò.

"Non gli dico tutto," le rispose sua zia, risistemando gli oggetti dalla sua parte del tavolo. "I genitori di Jackie sono molto preoccupati. Non la sentono da quasi un anno."

"Hanno litigato?"

Nan annuì. "Betty mi ha detto che Jackie rifiuta le loro telefonate. Avevano litigato altre volte prima, ma non avevano mai smesso di parlarsi."

Jory aggrottò la fronte. "Ovviamente spero che non le sia successo niente."

"Anch'io." Nan strinse la mano di sua nipote.

FINE

"CUORI SPEZZATI" Tutti gli uomini invidiano Rick "Rubacuori" Winslow e le donne vogliono andare a letto con lui. Top model da copertina e attore in erba, incarna il sogno di tutti. Vive in una villa a Manhattan e ha tutto ciò che abbia mai desiderato. Quando la sua casa prende fuoco e il suo bellissimo golden retriever resta intrappolato, Rick "Rubacuori" Winslow scavalca i vigili del fuoco per salvare il suo adorato cane. Mentre si dirige verso le scale con il suo cane in braccio, una trave gli cade addosso, colpendoli entrambi. Il cane resta ucciso e il suo viso resta sfregiato. Questo evento segna la fine della vita e della carriera del famoso Rubacuori Winslow. Rick chiede aiuto ai suoi amici, ma tutti gli voltano le spalle. Distrutto, solo e in preda allo sconforto, si rifugia in una fattoria fatiscente nella cittadina rurale di Pine Grove. Ce la farà quell'uomo, che una volta aveva successo e amore a volontà, a rimettere insieme i pezzi della sua vita o la fuga sarà la sua unica soluzione?

Notizie sull'autrice

Jean Joachim è un'autrice di romance di successo e i suoi libri sono in cima alla classifica Amazon Top 100 fin dal 2012. Scrive romance contemporanei, tra cui gli sport romance e la romantic suspense. *Dangerous Love Lost & Found* ha vinto il primo premio International Digital Award dell'Oklahoma Romance Writers of America nel 2015. *The Renovated Heart* ha vinto il premio Miglior Romanzo dell'Anno del Love Romances Café, *Lovers & Liars* è arrivato tra i finalisti del Rom-Con del 2013 e *The Marriage List* ha conquistato il terzo posto nella classifica Miglior Romance Contemporaneo del Gulf Cost RWA. To Love or Not to Love si è classificato al secondo posto del Reader's Choice contest del 2014 della sezione del New England dell'associazione Romance Writers of America. È stata nominata Miglior Autore dell'Anno nel 2012 dalla sezione di New York dell'associazione Romance Writers of America. Moglie e madre di due figli, Jean vive a New York City. Solitamente, di mattina presto la si può trovare al computer a scrivere mentre beve una tazza di tè, con al suo fianco Homer, il carlino che ha salvato, e la sua scorta segreta di liquirizia nera.

Jean ha scritto e pubblicato più di 30 libri, novelle e racconti brevi. Consultate il sito: http://www.jeanjoachimbooks.com.

Iscrivetevi alla newsletter sul suo sito per partecipare alle sue vendite private di libri in formato tascabile. Iscrivetevi alla sua newsletter qui: https://www.facebook.com/pages/Jean-JoachimAuthor/2210922345 68929?sk=app_100265896690345